Dieter Kleinhanß

Thea G.

- von Michelbach nach Riga und zurück

Bibliografische Information der Deutschen Nationalbibliothek:

Die Deutsche Nationalbibliothek verzeichnet diese Publikation in der Deutschen Nationalbibliografie; detaillierte bibliografische Daten sind im Internet über

http://dnb.dnb.de abrufbar.

Herstellung und Verlag:

BoD-Books on Demand, Norderstedt

ISBN: 978-3-7519-8174-3

In Erinnerung
an die ehemalige
jüdische Gemeinde von
Michelbach an der Lücke

Inhaltsverzeichnis:

		Seite
1828	Vorgeschichte	9
1920	Michelbach/L.	13
1930		21
1933		27
1935		33
1938		37
1939		41
1941/1942	Jungfernhof	43
1942	Riga	61
1943	Kaiserwald	65
1944	Stutthof	69
1945		75
1945	Michelbach/L.	81
1945	London	87
Nachwort		89
Conclusio		91
Dank		93
Anhang:	Jüdische Begriffe	95
	Literatur	97
	Stammbaum	99

Michelbach an der Lücke

1828

Vorgeschichte der Familie Gundelfinger

Benjamin ben David sitzt mit der Familie im Wohnzimmer ihres Hauses in Michelbach an der Lücke. Sein Vater David hält ein Schreiben der württembergisch-königlichen Verwaltung in seinen Händen. Alle jüdischen Familien werden aufgefordert, von ihrem uralten Brauch, den Vornamen zusammen mit dem Namen des Vaters als eigentlichen Namen der Familie anzugeben, Abstand zu nehmen und sich unverzüglich, wie in Deutschland üblich, einen neuen Familiennamen zuzulegen. Ansonsten werde ihnen von Amts wegen ein Familienname zugeteilt. Der noch junge Benjamin weiß, wie alle anderen auch, dass dies nicht unbedingt ein vorteilhafter Name sein wird. Die Familie überlegt: „Welchen Nachnamen sollen wir uns geben? Goldstein oder Stern oder sonstwie ein schöner Name?" Auf Vorschlag der Mutter einigt man sich auf einen Nachnamen, der darauf hinweist, woher die Vorfahren der Familie kommen: aus Gundelfingen an der Donau. 100 Jahre später werden sich die in die USA ausgewanderten Gundelfinger den Namen Gundel zulegen.

Die Familie Gundelfinger war in der langen Geschichte der hiesigen jüdischen Gemeinde ein bedeutendes und einflussreiches Geschlecht. In Michelbach beginnt der Stammbaum der Familie mit dem Auftauchen eines Jakob aus Gundelfingen und weitet sich im Verlauf von drei Generationen auf 17 Familien aus. In der vierten Generation lebten acht Familien, 1933 lebten noch drei Familien mit dem Namen Gundelfinger in Michelbach/Lücke:

a)   **Samuel Gundelfinger** mit seiner Familie (9 Personen)
       Sie sind alle im Holocaust umgekommen.

b)   **David Gundelfinger**.
       Auch er kam mit Frau und Tochter im KZ ums Leben.

c)   **Mina Sara**, die zweite Frau des Hermann Gundelfinger
       mit ihren beiden Töchtern Silvia und Thea.

Hermann kam 1855 als Sohn des Benjamin Gundelfinger im Haus Nr. 27 zur Welt. **Hermann Gundelfinger**, der von 1855 bis 1930 in Michelbach lebte, war in der jüngsten Zeit ein herausragender Vertreter seiner Familie.

Seine Vorväter waren in direkter Linie:

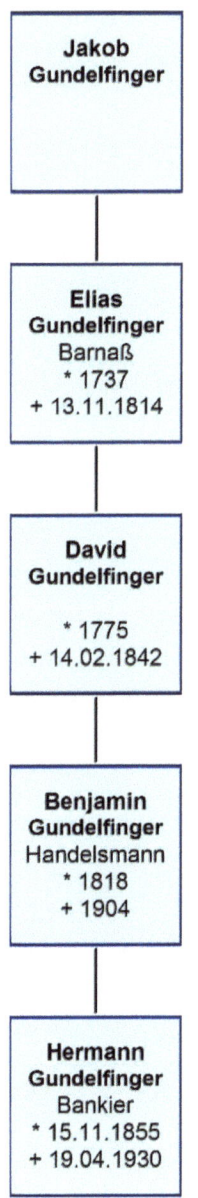

Jakob „in Gundelfingen geboren" und ca. 1700 nach Michelbach/L. verzogen

1920 - Michelbach

Seit fünf Jahren ist Hermann Gundelfinger Witwer. Seine Frau Rosalie geb. Gundelfinger ist nach 35 Ehejahren gestorben. Vier Kinder wurden dem Ehepaar geschenkt:
Klara, die allerdings schon im Alter von einem Jahr verstirbt.
David, der in die USA emigriert.
Emil, der nach Ulm zieht, dort eine Metallverwertungsfabrik gründet und mit seinen Söhnen Hans und Walter zunächst nach Palästina und später, weil er dort nicht Fuß fassen kann, in die USA emigriert. Dort nimmt die Familie den Namen Gundel an.
Und **Paula**, die den Ludwigsburger Geschäftsmann Julius Dreyfuß heiratet. Beide kommen mit dem gemeinsamen Sohn Werner im Holocaust um. Der ältere Sohn Herbert wandert in die USA und später nach Mexiko aus.

Nach fünf Jahren trifft Hermann bei einem seiner Immobiliengeschäfte die junge Mina Sara Gutmann aus Heidenheim/Brenz. Er ist gerade dabei, im Herkunftsort seiner Familie ein stattliches Haus zu inspizieren, als er dort zufällig der jungen Frau begegnet. Sie beeindruckt ihn sofort. Vielleicht ist es Liebe auf den ersten Blick, vielleicht aber auch berechtigte Berechnung. Er fasst den Entschluss, als 64-jähriger Witwer nochmals zu heiraten. Er möchte im Alter nicht alleine und einsam in seinem großen Haus leben. In Hermanns Herz kann niemand sehen. Mina ist jung und sehr hübsch. Hermann erlebt mit der vierzig Jahre jüngeren Frau einen zweiten Frühling. Er kann sie überzeugen, dass er bestens für sie sorgen und trotz dem großen Altersunterschied ein guter Ehemann sein wird –und, das ist ihm auch wichtig: Er ist in Michelbach angesehen und sehr vermögend. Mina Sara weiß das. Sie hat sich erkundigt. Unbedarft und unüberlegt will sie auf keinen Fall eine Verbindung eingehen. Es könnte natürlich sein, dass sie sich gerade wegen des enormen Altersunterschieds ein paar Gedanken macht. Auf jeden Fall ist eine Heirat mit Hermann für sie ein guter Entschluss, ein Entschluss, der ihr eine gute Zukunft verheißt. Aber darüber spricht sie natürlich nicht, wie auch Hermann zu seinem Wunsch, diese junge Frau zu heiraten, kein einziges Wort verliert. Er liebt sie und sie ihn. Das genügt. Allein die Kinder machen sich ihren eigenen Reim. Sie können ihren Vater überhaupt nicht verstehen. „Wie kannst du bloß?" „Was willst du mit solch einer jungen Frau?" „Du bist ihr doch gar nicht gewachsen!" Eine Mutter, die gerade mal so alt ist wie Hermanns Kinder aus der Ehe mit Rosalie, passt ihnen nicht. Ob der alte Bock einen zweiten Frühling durchmache, fragen sich nicht nur die Kinder, sondern auch viele Michelbacher Bürger. Innerhalb der Familie kommt es zu einem heftigen Streit. Die drei Kinder machen ihrem Vater so große Vorwürfe, dass er beschließt, sie zu enterben. Sein gesamtes Vermögen wird die junge Ehefrau erhalten, sollte es Kinder aus der neuen Ehe geben, werden sie anteilig erben. Der tiefe Riss in der Familie ist unüberbrückbar. Das letzte Fest, das die Familie noch gemeinsam feiert, ist die Hochzeit von Hermann und Mina Sara. Die Trauung wird zum gesellschaftlichen Höhepunkt des Jahres in Michelbach. Da der Platz vor der Synagoge sehr beengt ist, versammeln sich viele Bürger, Christen und Juden, in der Judengasse, um ja nichts zu versäumen. Die Hochzeit selbst findet unter dem Brauthimmel vor der Synagoge statt, denn im Innenraum vor dem Thoraschrein darf sich keine Frau aufhalten. Rosalies Kinder machen am Festtag gute Miene zum bösen Spiel. Noch immer können sie ihren Vater nicht verstehen. Es ist sicher nicht an den Haaren herbei gezogen, wenn man vermutet, dass dieser festliche Tag nicht für alle ein wirkliches Fest ist. Dennoch: Hermann ist sehr zufrieden. Er hat jetzt eine junge Frau, die ihn liebt und den Haushalt führt. Seine Kinder aus der ersten Ehe sind längst erwachsen und aus dem Elternhaus ausgezogen.

Mina Sara kann sich ganz auf ihren Haushalt einstellen. Sie ist jung und voller Schwung. Sie hat einen reichen, im Dorf angesehenen Ehemann, der rührend um sie besorgt ist. Auch in der christlichen Gemeinde ist der Gemeinderat Hermann Gundelfinger sehr geschätzt. Sein Rat ist gefragt. Mina Sara und ihrer Familie stehen ein sorgenfreies Leben bevor.

Die beiden Eheleute führen ein frommes, der Thora entsprechendes Leben. Anders als viele andere stellt Hermann sogar, wenn seine junge Frau ihre Periode hat, Kartons zwischen die beiden Betten, damit er sie nicht berühren kann. Jeden Sabbat geht Hermann in die Synagoge. Das ist für ihn eine Selbstverständlichkeit. Der Sabbat ist mit all seinen Facetten für die Juden der wichtigste Tag der Woche. An diesem Tag ruhen alle Geschäfte, keiner arbeitet. Der Mensch ruht, weil Jahwe, der Herr und Schöpfer allen Lebens, am siebten Tag der Weltenschöpfung ebenfalls ruhte. Der Sabbat beginnt am Freitagabend mit dem Gottesdienst. Meist muss Hermann aus der Thorarolle vorlesen. Er ist einer der wenigen Männer, die auch im Alter noch fehlerfrei lesen können. Nicht jedem fällt dies leicht. Das Hantieren mit der Jad, dem Zeigestab, ist nicht jedermanns Sache. Mina hat zum Beginn des Sabbats schon alles gerichtet. Wenn Hermann vom Gottesdienst heimkommt, findet er ein gemütliches Zuhause und ein Festessen vor. Das fertig gekochte Essen für den Sabbattag steht schon zum Wärmen im Ofen. Wenn es an besonderen Tagen Gänsebraten oder ein ganzes Lamm gibt, bringt Mina auch einen Topf mit dem fertigen Essen zu Bäcker Göller, um das Essen im noch warmen Backofen bis zum Sabbat warm zu halten. Am Nachmittag des Sabbattages geht Hermann mit einem koscheren Wurstbrot in eine Gaststätte, bestellt sich ein Bier oder einen Wein und führt mit den anwesenden Juden und Christen lange Gespräche. Nie aber versäumt er am Sabbatabend den Sabbat in der Synagoge zu verabschieden. Stets betet er die Hawdala: „Gott ist meine Rettung; ich will Gott vertrauen und niemals verzagen. Denn Gott ist meine Stärke und mein Loblied. Gott ist meine Hilfe". So gestärkt kehrt Hermann dann wieder heim zur Familie. Wenn abends um 18.00 Uhr der Sabbat vorbei ist, geht Hermann nochmals in die Wirtschaft, um seine Trinkschulden zu bezahlen, denn am Sabbat darf er ja kein Geld anrühren. Das ist Gesetz. Das verlangt die Mischna. Vor allem „Klimpergeld" ist verboten. Genauso wenig darf Hermann am Sabbat etwas schreiben, Rechnungen zum Beispiel oder Briefe an seine Kinder aus erster Ehe. Es ist nur erlaubt einen einzigen Buchstaben zu schreiben. Zwei Buchstaben zu schreiben gilt schon als Arbeit. Und Arbeit ist am Sabbat verboten. Wenn am Samstagabend um 18.00 Uhr, im Sommer um 21.00 Uhr, wieder die Kirchenglocken läuten, kann der Alltag beginnen. Aus Rücksicht auf die christlichen Bürger verrichtet Hermann aber auch am Sonntag keinerlei Arbeit. Das fordert der Respekt vor den Christen. Dafür geht er nach dem christlichen Gottesdienst mit seinem Vesper nochmals in eine der Gaststätten, um sich mit den Männern beim Frühschoppen zu unterhalten. Die Gespräche drehen sich dabei um Alltägliches, Gemeindepolitik oder sonstige Neuigkeiten.

Mina und Hermann sind sehr glücklich miteinander. Bald schon kündigt sich Nachwuchs an. Töchterchen Silvia wird geboren. Weil man hofft, dass es ein Sohn wird, ist schon alles für die Beschneidung gerichtet und der Mohel, der die acht Tage alten Jungen beschneiden muss, schon bestellt. Sogar die Tücher und Binden sind bereitgelegt. Es kommt anders. Dennoch ist Töchterchen Silvia hoch willkommen. Neues Leben ist im „Hochhaus" eingezogen. Vier Jahre später wird Thea geboren. Hermann ist stolz auf seine Familie. Wie in jüdischen Familien üblich, wird am Sabbat viel gesungen. Während früher meist Lob– und Segenslieder gesungen wurden, sind jetzt Kinderlieder das Liedgut der Familie. Die beiden Töchterchen sollen mit dem deutschen, dem jüdischen und auch dem jiddischen Liedgut vertraut werden. Als Kinder sind Thea und ihre Schwester Silvia zum größten Teil vom rigorosen Einhalten der Gebote befreit. Dennoch achtet der Vater sehr darauf, dass sich beide Mädchen an die Gesetze der Thora halten, soweit es für sie möglich ist. Mit seinen Kindern aus der Ehe mit Rosalie hat er es genauso gehalten. Die Tradition der einst großen jüdischen Gemeinde in Michelbach muss erhalten werden. Dies verlangen schon die Vorfahren, die ihre letzte Ruhe auf dem Judenfriedhof, dem ‚guten Ort' gefunden haben.

Noch verläuft das Leben in geregelten Bahnen. Noch zeigt sich kein Wölkchen am Himmel. Die Weimarer Republik geht allerdings bald ihrem Ende entgegen.

Sabbat-Tisch

Synagoge in Michelbach

**Das Innere der renovierten Synagoge
mit dem Thoraschrein**

1930

Eine neue Zeit kündigt sich an. Ende der zwanziger Jahre wird Deutschland durch eine Hyperinflation völlig verunsichert. Das Geld ist so wenig wert, dass es am Abend gleich verbrannt werden könnte. Zaster als Zunder. Alle leiden. Nur der Tauschhandel blüht. Weil Geld nichts wert ist, werden Waren immer wertvoller. Fast alle denken, dass jüdische Händler Waren haben, viele Waren. Den Schacherjuden steht ein goldenes Zeitalter bevor. Die Juden sind die Krisengewinnler. Der Hass auf die Juden beginnt. Die Krise und die horrende Inflation hinterlassen tiefe Spuren und große Not.

Seit einigen Tagen ist es still im Hause Gundelfinger. Mutter und Tochter Silvia sprechen nur noch mit gedämpfter Stimme. Sie flüstern. Meist schweigen sie. Die fünfjährige Thea darf nicht mehr herumtoben. Sie soll im Haus weder spielen noch singen. Thea versteht das nicht. Sie geht deshalb lieber nach draußen und spielt mit ihren Freundinnen. Die Männer, die jetzt immer wieder kommen, sprechen so leise, dass Thea nichts verstehen kann. Was sie sagen, bleibt ihr verborgen. Sogar die Treppe in den zweiten Stock knarzt nicht mehr. Oben liegt der Vater in seinem Bett. Er ist krank. Sehr krank. Er liegt im Sterben. Gesagt hat das der kleinen Thea noch niemand, denn über den Tod spricht man nicht, solange noch ein Funken Leben glimmt. Vom Tod zu sprechen ist in der Familie ein Tabu. Der Sensenmann könnte kommen und seine Ernte einfahren. Wenn Thea auch nicht versteht, warum alle schweigen oder gar weinen, spürt sie instinktiv, dass in ihrer Familie irgendetwas vor sich geht. Es scheint nichts Gutes zu sein. Aber das weiß sie nicht, sie ahnt es nur. Sie möchte auch zu ihrem Vater. „Du bist noch zu jung", sagt ihre Mutter. „Aber Silvia darf doch auch. Ich liebe Papa." Thea lässt nicht locker. Endlich darf auch sie die Treppe hoch ins Schlafzimmer zu ihrem Vater. Sie geht auf

Zehenspitzen. Behutsam öffnet sie die Tür. Da liegt ihr Papa. Er scheint zu schlafen. Thea erschrickt. Ganz bleich ist er. Sie glaubt, er lächle sie an. Vorsichtig nimmt sie seine Hand und drückt sie. Sie sagt kein Wort. Ihre Stimme versagt. Dennoch haucht sie ein „Ich liebe Dich". Jetzt lächelt ihr Vater wirklich. Ein leises „Ich dich auch" kann Thea hören, hingehaucht aus einem schwachen Körper. Es sind die letzten Worte, die Vater und Tochter miteinander wechseln. Die Liebe verbindet sie. Das Bild des bleichen, von einer schweren Krankheit gezeichneten Vaters brennt sich in Theas Gedächtnis ein. Noch ein flüchtiger Kuss auf Papas feuchte Stirn, dann geht sie mit vielen Fragen in ihrem Herzen wieder hinunter ins Wohnzimmer. Sie ist beruhigt, bei ihrem Vater gewesen zu sein, ihm nochmals gezeigt zu haben, wie sehr sie ihn liebt, aber sie ist auch besorgt, weil sie gesehen hat, wie krank und schwach er im Bett liegt. Ein Kind denkt nicht an den Tod. Es wird schon wieder werden. Wenn Papa wieder gesund ist, wird es weiterhin sein wie immer. Es kann in ihrem kindlichen Gemüt gar nicht anders sein.

Kurz nach dem Besuch bei ihrem Papa steht die fünfjährige Thea schon wieder am Bett ihres Vaters. Er ist soeben gestorben, ausgerechnet am Tag nach ihrem Geburtstag. Der fällt natürlich flach. Es gibt nichts zu feiern, nur zu klagen. Bitter für ein Kind. Tränen und Wehklagen erfüllen das Haus. Überall stehen schwarzgekleidete, ernst dreinblickende Männer: die ‚Chewrakadischa'. Ihre Aufgabe ist es, Sterbende in den Tod zu begleiten und die Beerdigung zu organisieren. Diese Männer der Trauerbegleitung und der Beerdigung sind schon seit der Zeit tätig, als die Toten mangels eines eigenen Friedhofes noch im 25 km entfernten Schopfloch bestattet werden mussten. Jetzt haben sie sich rund um das Bett des Verstorbenen versammelt und beten für ihn und an seiner Stelle das Glaubensbekenntnis des jüdischen Volkes, das ‚Sch'ma Israel'. Damit verabschieden sie sich von ihrem

Hermann und helfen den Trauernden, Frieden in ihrem Schmerz zu finden. Hermann Gundelfinger hat Gutes für sie alle getan. Sie sind ihm für vieles dankbar. Sein Tod ist ein Verlust für die ganze Gemeinde. In der Küche und vor dem Haus versammeln sich derweil auch die Frauen, die mit Jammern, Geschrei und Wehklagen den Toten beklagen und ehren. Je lauter das Klagen, desto angesehener der Tote. Unaufhörlich hört Thea die immer gleichen Gebete: „Der Ewige hat regiert und regieren wird der Ewige von Ewigkeit zu Ewigkeit. Höre Israel: der Ewige ist unser Gott, der Ewige allein." Dieses Mal stört das Wehgeschrei und laute Beten noch nicht einmal die Christen. Da Hermann am Rüsttag zum Sabbat gestorben ist, kann der Tote nicht, wie es dem jüdischen Brauch entspricht, am selben Tag bestattet werden. Der Friedhof darf an einem Sabbat nicht betreten werden. Mina ist darüber sehr froh. So kann sie in Ruhe Abschied von ihrem Mann nehmen, einen Tag länger als sonst üblich. Die ‚Chewrakadischa' kann erst wieder am Sonntag tätig werden. Mit der allergrößten Zartheit heben sie den Leichnam, der schon mit einem Tuch bedeckt ist, an und waschen ihn, bevor die ‚Taharah', die Reinigung des Körpers und der Seele beginnt. Aus Krügen schütten sie Wasser über den Körper und sagen dabei: „Wir sprengen reines Wasser über dich und reinigen dich von allen deinen Sünden und Verfehlungen. Vor Gott sollst du rein sein, mit reiner Seele vor ihn treten können." Der Mund des Toten wird zugehalten, damit kein Wasser in ihn eindringen kann. Dann wird Hermanns Leichnam getrocknet, die Fingernägel werden geschnitten und in den Sarg geworfen, die Haare werden gekämmt. Zuletzt wird ihm das leinene, weiße Sterbekleid angelegt, unter das Kinn wird ein kleiner Stein gelegt und die Augen mit Tonscherben abgedeckt. Ganz zum Schluss wird der Tallit, der Gebetsschal über den Toten gebreitet. Erst jetzt legen sie den Toten in den Sarg. Als Kopfkissen dient der Beutel, in dem die Sterbekleider aufbewahrt wurden, die Hermann an jedem Jom Kippur, dem höchsten Feiertag der Juden, getragen hat. Kurz bevor die Männer fertig sind, überreicht ihnen Mina eines von zwei Säckchen. In ihm befindet sich Sand aus Israel, den sich Hermann hatte schicken lassen. Dieser Sand wird in den Sarg gestreut, damit Hermann Gundelfinger in der Erde des Eretz Israel ruhen kann. Erst am Sonntag kann der Totengräber das Grab ausheben. Aus Pietät den christlichen Mitbürgern gegenüber findet die Beerdigung nach dem sonntäglichen Gottesdienst statt. Aus Pietät den Juden gegenüber hat der Pfarrer an diesem Tag die Christenlehre nach dem Gottesdienst ausfallen lassen. Der Beerdigung am Nachmittag steht daher nichts im Wege. Auch Christen beteiligen sich daran. So viel Ehre muss sein für einen beliebten Mitbürger. Das gehört sich!

Zuerst stellen die jüdischen Männer zwei Holzböcke vor das Haus. Auf diesen wird der Sarg aufgebahrt. Der Vorbeter sagt ein paar Worte auf Jiddisch, der Umgangssprache der Juden. Das Wasser mit dem der Tote im Haus gewaschen worden war, wurde aufbewahrt und wird jetzt von den Männern unter den aufgebahrten Sarg geschüttet. Das ist für alle das Zeichen, dass der Tote von allem reingewaschen ist, auch von seinen Sünden. Wenn am Ende der Zeiten das Schofarhorn geblasen wird, kann Hermann und mit ihm Frau und Kinder und die ganze jüdische Gemeinde beruhigt sein. Der Tote ist in Abrahams Schoß geborgen. Nach Abschluss der Zeremonie vor dem Haus wird der Sarg zum letzten Gang auf den Leichenwagen gestellt. Unter weiterem Weinen und Wehklagen setzt sich der Trauerzug in Bewegung. Voran gehen die Männer, dann folgt die junge Witwe Mina Sara mit ihren beiden Töchtern Silvia und Thea. Zum Schluss des Zuges gehen die Frauen, hinter ihnen die Christen. Die Kinder aus der Ehe mit Rosalie bleiben der Beerdigung fern. Emil, David und Paula gehen erst am nächsten Tag zum Friedhof. Den langen Weg bis zum Friedhof legen alle Juden schweigend und im Gebet vertieft zurück. Allein die christlichen Trauergäste schwätzen leise miteinander. Als der Zug den Friedhof im Judenwasen erreicht, macht der Totengräber das Tor auf, der Sarg wird vom Wagen gehoben und von den Leichenträgern in den ummauerten Friedhof getragen. Dort wird er abgestellt. Mina reicht über die Mauer den Männern im Friedhof nochmals ein Beutelchen mit Sand aus Israel. Dieser wird in das Grab gestreut. Hermann ruht nun auf dem Friedhof von Michelbach in der Erde Israels. Viele Männer mit ihren schwarzen Hüten stehen um das Grab herum. Der Vorbeter stimmt jetzt das Lied an, das stets gesungen wird: das ‚Sch'ma Israel'. Christen und Frauen bleiben vor der Friedhofsmauer stehen und verfolgen das Geschehen von außerhalb. Ihnen ist nicht erlaubt in den Friedhof zu gehen, auch der Witwe und ihren beiden Töchtern ist dies verwehrt. In der nun folgenden vierwöchigen Trauerzeit dürfen Mina und ihre beiden Töchter nichts arbeiten. Essen und Trinken bringen ihnen die Nachbarinnen. Sie besorgen auch den alltäglichen Abwasch und Hausputz. Wenn die vier Trauerwochen vorbei sind, beginnt wieder das normale Leben. Erst ein Jahr nach dem Tod ihres Mannes dürfen Mina und ihre Töchter das Grab des Vaters besuchen. Wenn die Witwe vorher zum Grab ihres Mannes gehen möchte, darf sie nur über die Mauer sehen, wie einst bei der Beerdigung. Das Trauerjahr ist zwar hart, aber so gewollt: Der Mensch soll wieder das Leben lernen. Der Tote ist schließlich am ‚guten Ort'. Trotz aller Trauer hat das Leben Vorrang. Die Verweigerung für lange Zeit das Grab nicht zu besuchen, soll helfen, sich im Leben neu einzurichten. Am ‚Jahrtag' des Todes betet Mina am Grab ihres Mannes das traditionelle Gebet: „Gott in der Höhe, bei dir ist Barmherzigkeit in Fülle. Lass die Seele von meinem Hermann, die nun in die Ewigkeit eingekehrt ist, ungestört in deiner Gegenwart ruhen. Lass seine Seele wie die Lichter am Himmel leuchten." Innerlich beruhigt kehrt sie nach Hause zurück. Der Alltag beginnt. Im Trauerjahr haben sich Mina und ihre Töchter wieder an dieses alltägliche Leben gewöhnt. Mina lebt von den Ersparnissen ihres verstorbenen Mannes, Silvia und Thea besuchen die Schule. Im Gedenken an ihren Mann und Vater beachten sie die Gebote besonders eifrig. Sie wissen, wie sehr der Verstorbene darauf achtete, dass der Sabbat und die jüdischen Feste eingehalten werden. Wenn sie es ihm nun gleichtun, wird er weiterhin ihren Alltag und das Leben bestimmen. Diese Erinnerung stärkt und tröstet. So ist Hermann immer bei ihnen.

Grabstein von Hermann   und   Rosalie Gundelfinger

1933

Am Horizont kündigt sich etwas an, das sämtliches Leben in Deutschland völlig umkrempeln wird. Alles wird anders. Ganz anders. Eine turbulente, schwierige Zeit beginnt: Eine Zeit des Unglücks und des Schreckens für die einen. Eine Zeit des Größenwahns und der Machtfülle für die anderen!

Viel Neues gibt es zu bereden und zu bedenken. In ganz Deutschland, in der jüdischen und in der christlichen Gemeinde. Freude und Sorge, Kummer und Stolz halten sich die Waage. Am 30. Januar ist Adolf Hitler vom greisen Reichspräsidenten Paul von Hindenburg zum Kanzler für das Deutsche Reich berufen worden. Es kursieren viele Gerüchte und Meinungen über Hitler und die NSDAP, gute und schlechte. Jedenfalls haben Stammtischrunden wieder ein aktuelles Thema gefunden. In den vier Michelbacher Wirtschaften geht es hoch her. Die einen glauben, Hitler werde die Schmach der Niederlage von 1918 tilgen und die Deutschen wieder zum wichtigsten und erfolgreichsten Volk Europas machen. Er werde die Besetzung des Ruhrgebiets durch Frankreich und Belgien vergessen lassen. Er werde Deutschland groß und mächtig machen. Deutschland muss in der Welt wieder führend werden. Mit Hitler wird das gelingen. Die Mär von der Dolchstoßlegende hat die Deutschen schon immer beeinflusst, ihr Denken geprägt. Es darf nicht sein, dass Deutschland durch hinterhältige Meuchelmörder einen großen Krieg verloren hat. Deshalb ist für die meisten der Führer Adolf Hitler nach der alles durcheinander wirbelnden, katastrophalen Zeit der Weimarer Republik ein Heilsbringer. Dessen sind sich fast alle einig. Darum vertrauen viele dem Führer und seiner Partei der NSDAP. Sogar ein Teil der Kirche will sich mit den ‚Deutschen Christen' nationalsozialistisch geben. Hitler wird das Heil bringen. Gott steht treu an seiner Seite. Die Vorsehung, wie der

Führer selbst sagt, hat dies gewollt. Die jüdischen Gemeinden sehen dies naturgemäß ganz anders. Dort ist man gewarnt. Während die einen glauben, die jüdischen Händler werden wieder uneingeschränkt Handel treiben können, erinnern die anderen, die Hitlers Buch "Mein Kampf" gelesen haben, an den Judenhass des Führers, der für sie eher ein Verführer ist. Viele sehen eine schwere Zeit auf sich zukommen. Die Juden werden es nicht leicht haben. Manche erinnern sich an die einstigen Pogrome im Osten, an die Verfolgungen im Mittelalter. „Alles schon einmal da gewesen", sagen sie. Manche Mitbürger aus der christlichen Gemeinde stärken sie durch ihr Verhalten. Sie sind treue Nazis und dem Führer streng ergeben. Sein Wort ist heiliges Wort. So muss es sein, sagen viele Parteigänger. Hitler ist für sie wie ein Gott. Und haben die Juden nicht auch Jesus getötet? Noch vor einem Jahr waren sie gute Nachbar. Jetzt verleugnen sie, je mit Juden gemeinsam am Tisch gesessen zu haben. Der Besuch einer Wirtschaft durch Juden ist nicht mehr erlaubt. Die Nazis möchten gar, dass die Juden für immer verschwinden. Michelbach soll judenfrei werden, wie es viele Städte und Gemeinden anstreben. Man hat irgendwoher gehört, dass sogar der beliebte evangelische Landesbischof Theophil Wurm sich gewünscht haben soll, dass auch Stuttgart judenfrei werde. Judenfrei, das heißt natürlich auch: Jüdische Häuser stehen leer oder müssen verkauft werden. Darum hoffen viele, billig an Häuser und Mobiliar ihrer jüdischen Nachbarn zu kommen. Die Juden gelten als reich, obwohl das nur für wenige zutrifft, nicht allerdings für die Witwe von Hermann Gundelfinger. Andere, vor allem Christen, glauben, es werde schon nicht so schlimm kommen, wie manche prophezeien. Es werde nie so heiß gegessen, wie gekocht worden ist. Hitler ist ein normaler Bürger Deutschlands und kennt die westlichen und christlichen Werte. Er ist katholisch getauft. Außerdem sind die Juden schon seit ewigen Zeiten deutsche Staatsbürger.

Ihnen wird nichts passieren, schließlich haben sie oder ihre Väter schon im letzten Krieg für Deutschland gekämpft.

Auch im Hause Gundelfinger bietet die neue politische Situation Gesprächsstoff zuhauf. Während die achtjährige Thea noch unbeschwert spielt und sich naturgemäß wenig Gedanken zum Zeitgeschehen macht, diskutieren Mina Sara und die zwölfjährige Silvia heftig miteinander. Mina sieht die ganze Angelegenheit von der positiven Seite. Sie gehört zu denen, die meinen, es werde nicht so schlimm kommen. Schließlich sei Silvias großer Bruder Emil für die Deutschen in den Krieg gezogen, ihr Mann ist ein geachteter Bürger Michelbachs gewesen, der viel Gutes für die Gemeinde getan hat. Eine derart wichtige, angesehene und ehrenvolle Familie wird man in Michelbach anerkennen. Auch die Mitglieder der NSDAP werden das tun. Denn auch sie wissen, was das Dorf ihm zu verdanken hat. Die Bürger Michelbachs werden die Frauen der Familie Gundelfinger schützen. Davon ist Mina überzeugt. Sogar der Ortsgruppenleiter von Michelbach soll sich, sagt man, so oder ähnlich ausgesprochen haben. Silvia hingegen berichtet, dass sie seit Hitlers Machtübernahme von vielen ihrer christlichen Alterskameradinnen gemieden und zu kaum einem Geburtstag mehr eingeladen wird. Auf der Straße wird sie oft angepöbelt oder gar mit Steinen beworfen. Da in Michelbach zu wenige jüdische Kinder wohnen, hat man die Judenschule in der Leitsweiler Straße schon 1924 geschlossen. Daher besuchen die jüngeren jüdischen Kinder die gemischte Schule im Ort. Ältere jüdische Kinder müssen jetzt mit dem Zug in die jüdische Schule nach Niederstetten fahren. Bald wird ihnen aber das Zugfahren verwehrt werden. Silvia glaubt fest daran, dass mit Hitler und seinen Schergen den Juden das Lachen schnell vergehen wird. Die Zeit werde nicht leichter werden, für die Juden nicht und auch nicht für die Deutschen, die nicht auf Hitlers Seite stehen. Aber das sind, so meint sie, nur wenige Mutige. Warum denn, fragt sie, wandern so viele

Juden nach Amerika oder Argentinien aus? So leicht gebe man doch Haus oder Geschäft nicht auf, wenn nicht große, schreckliche und sehr böse Zeiten bevorstünden. Keiner kann ahnen, was noch alles kommen wird. Was wirklich geschieht, ist nicht vorstellbar, vorher nicht und nachher auch nicht. Es sprengt unser Denken, übersteigt alle Vorstellungen. Was bleibt, ist nur Schweigen, Stummsein, Wegsehen: ein ohrenbetäubendes Schweigen.

Eine kleine Abreibung zeigt den jüdischen Mitbürgern, wie bedroht ihr Leben, wie berechtigt ihre Angst ist. Ende März ziehen, aus Crailsheim kommend, Braunhemden durch Michelbach. Gestapo und SA-Leute wollen die Juden „aufmischen", ihnen eine Warnung verpassen: ein Vorbote für das Grauen, das folgen wird. Das Wetterleuchten vor dem Gewitter. Die jüdische Bevölkerung soll erfahren, dass sie nicht erwünscht ist. Sobald die Schlägerhorde einen jüdischen Mann auf der Straße trifft, wird dieser verprügelt. Frauen und Kinder werden noch verschont. Irgendwie gelingt es, die jüdischen Männer zu warnen. Sie verstecken sich vor den Schlägertrupps in Kellern und Scheunen, häufig auch bei Christen. Die Juden warten ab. Sie warten, was noch alles kommen wird. Aber es kommt nichts mehr, zumindest nicht in Michelbach. Da kein Jude mehr zu verprügeln ist, ziehen die Schläger weiter, zuerst nach Wiesenbach, dann nach Niederstetten. Im kleinen Städtchen im Vorbachtal verprügelt die wildgewordene Nazihorde die angetroffenen Juden so sehr, dass nur der Arzt und Parteigenosse das Leben zweier Juden retten kann. In Creglingen allerdings kommen zwei jüdische Männer ums Leben. So sehr hat man sie misshandelt. Man ist versucht zu sagen, dass in Hohenlohe die Shoah beginnt, die Katastrophe, von der bis zu diesem Tag noch niemand etwas ahnen kann. Hinterher behaupten die meisten, von den Tötungsmaschinen der Nazis nichts gewusst zu haben. Doch das ist eher Schutzbehauptung als Wahrheit. Allen jedoch muss jetzt klar sein, dass Sturm droht, gemäß dem Sprichwort: „Wer Wind sät, wird Sturm ernten." Die guten Zeiten sind für die jüdischen Gemeinden allerorten vorbei. Silvia wird Recht behalten. Mina Sara glaubt noch immer, dass alles gut werden wird. Die Schlägertrupps seien bloß eine kleine wildgewordene Gruppe, die ihren Mut und ihre Wut an einigen Juden abkühlen wollte. Vielleicht ist es nur ein übler Racheakt gewesen, weil sie von irgendwelchen jüdischen Händlern übers Ohr gehauen worden sind. Man kann ja nie wissen. Nicht alle Juden seien so integer, wie es ihr Mann gewesen ist.

Am 1. April, einem Sabbat, verfügen die Nazis, dass jüdische Geschäfte bestreikt oder gar geschlossen werden müssen. In Michelbach betrifft dies die Judenmetzgerei, die allerdings schon seit Wochen nicht mehr schächten darf und einen kleinen Laden. Wenn Juden einkaufen wollen, gehen sie in Geschäfte von Christen. Dort bekommen sie alles, was sie brauchen. Viele, vor allem die Älteren lassen sich ihre Lebensmittel aus Crailsheim mitbringen. Jetzt spürt auch Mina, dass es für sie und ihre beiden Töchter massive Einschränkungen gibt. Das normale Leben ist komplizierter und schwieriger geworden. Gerade die Essensgebote können von den Juden nicht immer eingehalten werden. Nachdem es keinen Judenmetzger mehr gibt, Fisch auf dem Land fast nicht zu kaufen ist, Rind- oder Kalbfleisch zu teuer sind und auch Fleisch von Schafen oder Ziegen schwer zu erhalten ist, muss Mina häufig fleischlos kochen. Über jeden Hammelbraten, den sie erwerben kann, ist sie hoch erfreut. Ihren Töchtern soll es an nichts fehlen. Dass das ‚weiße Fleisch‘, das es ab und zu gibt, Schweinefleisch ist, sagt sie ihren Töchtern nicht. Sie selbst hat auch nie gedacht, dass man Schweinefleisch essen kann. Aber es schmeckt wider Erwarten sehr gut. Ausnahmezeiten erfordern Improvisation und Ausnahmen. Schließlich soll sogar der Prophet Mose am Hofe des Pharao in Ägypten Schweinefleisch gegessen haben. Eine Bereicherung sind die

31

Hühner, die Mina hinter dem Haus hält. Eierspeisen werden zum Lieblingsgericht der drei Frauen. Hin und wieder schlachtet ein Bauer ein Schaf. Wenn er den Frauen Gundelfinger etwas davon abgibt, ist dies ein Festtagsessen, auch wenn das Schaf nicht geschächtet worden ist. In Notzeiten kann man darüber hinwegsehen, denn Essen muss sein. In der Wüste hat das Volk Israel schließlich auch Manna gegessen, etwas, von dem niemand weiß, was es wirklich war.

1935

In diesem Jahr kann Silvia das Fest der Bat Mizwa feiern: Silvia wird erwachsen. Von nun an muss sie die Pflichten der jüdischen Frau beachten. Vor allem koscheres Kochen und strikte Einhaltung des Sabbats sind wichtig. Beim Kochen muss sie daran denken, dass Milchiges und Fleischiges nicht gemeinsam gegessen werden dürfen. Darum hat jede Küche zweimal Geschirr und Töpfe: eines für das Fleisch und das andere für die Gerichte mit Milch. Aber das weiß sie schon lange. Alles, was irgendetwas vom Schwein enthält, z.B. Gelatine, ist nicht erlaubt. Als Kind musste sie sich noch nicht an alle Vorschriften halten, aber jetzt gelten auch die Fastengebote für Silvia. Sie ist inzwischen das einzige Mädchen in Michelbach, das dieses Fest begehen kann. Nur noch ein Mädchen aus Wiesenbach kommt zum Fest in die Synagoge. Aber Silvia kennt die Gleichaltrige nicht. Weil es in diesem Jahr keinen Jungen gibt, der 14 Jahre alt wird, hat es auch keinen Bar Mizwa gegeben. Deshalb hat die jüdische Gemeinde beschlossen, das Fest der Bat Mizwa einen Sabbat vor dem Passahfest zu begehen. Dann könne man noch einmal richtig feiern und die Verwandtschaft aus der Ferne könne bis zum großen Fest kommen und einige Tage bleiben. Silvia kommt dies sehr gelegen. Dann ist sie zum Passahfest schon erwachsen und kann ihrer Mutter bei den Vorbereitungen, die oft mehrere Tage dauern, unter die Arme greifen. Im Hause Gundelfinger herrscht große Betriebsamkeit. Das große Haus muss vom Keller bis unters Dach geputzt werden. Kein Krümelchen Brot oder Sauerteig darf mehr im Haus sein. Das Wochenfest, das Fest der ungesäuerten Brote, das mit dem Passahfest beginnt, duldet keinen Sauerteig. Es symbolisiert den überstürzten Auszug der Israeliten aus Ägypten. Mina hat sicherheitshalber ihr ganzes Haus an den Bäcker Göller von nebenan für eine

Reichsmark verkauft. So wird sie auf keinen Fall die Gebote übertreten, denn das Haus, in dem sie feiern werden, gehört jetzt einem Christen. Und der ist bekanntlich nicht an die strengen jüdischen Gebote gebunden. Sie feiern Passah in einem christlichen Haus. Eine Woche später wird sie ihr Haus wieder zurück bekommen. Bäcker Göller bekommt die Mark wegen seiner Bereitschaft, sich auf den Handel eingelassen zu haben, selbstverständlich wieder zurück.

Der Beginn des Pesach (Passahfest), dem zweithöchsten Feiertag nach dem Jom Kippur, ist endlich gekommen. Der Sabbat beginnt, wenn man einen weißen nicht mehr von einem schwarzen Faden unterscheiden kann. Allerdings hat man sich inzwischen längst an die moderne Zeit angepasst. Um 18.00 Uhr läuten die Glocken der evangelischen Kirche, in den Sommermonaten um 21.00 Uhr. Ihr Läuten ist das Zeichen für den Beginn des Sabbats. Alle haben schon ihre festlichsten Kleider angezogen und gehen an diesem Festtag in die Synagoge, um Gott, den Herrn, zu ehren. Nur Thea muss zu Hause bleiben. Sie hat die Aufgabe, auf die Kerzen aufzupassen. Diese müssen vor Sabbatbeginn angezündet werden, ebenso wie das Feuer im Herd. Mina hat vorgekocht. Am Sabbat darf ‚kein Funke geschlagen werden‘, eine alte Erinnerung an die Zeit, als es noch keine Streichhölzer gab. Wer elektrisches Licht hat, muss es vor Sabbatbeginn einschalten, denn auch da gibt es einen Funken. Die meisten jüdischen Familien schalten aber das Licht gar nicht ein. Sie essen im Kerzenlicht. Glücklich ist die Familie, die noch Kinder im Hause hat. So können an diesem besonderen Tag auch die Frauen in ‚die Schul‘ gehen. Bevor alle gehen, berät man, wie lange man in dieser besonderen Nacht aufbleiben will. Je nach der Länge des Abends werden die Stundenkerzen angezündet, die dann ausgehen, wenn alle zu Bett gegangen sind. Nach dem Gottesdienst feiern sie alle zusammen das Sedermahl, das traditionelle Essen zu Beginn des Passahfestes. Auch die Kinder aus des Vaters erster Ehe sind gekommen. Sieben verschiedene Speisen gibt es. Alle stehen symbolisch für die Zeit des Exodus aus Ägypten. Es gibt etwas Rotes, rote Rüben, und etwas Grünes, Petersilie und Schnittlauch. Beide Speisen stehen auch für das Bittere. Meerrettich darf nicht fehlen, ein Ei auch nicht, Karotten gehören dazu und natürlich der abgenagte Knochen eines Lammes. Wobei nicht verschwiegen werden soll, dass es in den meisten Familien am Sederabend ein ganzes Lamm zu essen gibt. Weil man es auf einmal essen soll, hat man früher die ganze Verwandtschaft zum Sederabend eingeladen. Heute ist dies nicht mehr möglich. Es leben zu wenige Juden in Michelbach. Zwar gibt es noch immer einen Lammbraten, notfalls wird man zwei Tage Lamm essen. In Ermangelung des Vaters stellt Emil, der extra mit seinen Geschwistern gekommen ist, die traditionellen Fragen zum Ursprung des Passahfestes und zum Exodus des Volkes Israel aus der Knechtschaft in Ägypten. Die Fragen muss Thea beantworten, die Jüngste im Kreise der Familie. Es ist ein schöner, ein festlicher Abend. Es wird viel erzählt und natürlich gesungen. Alte Zeiten werden wieder lebendig. Selbst-verständlich wird auch die Hitlerzeit angesprochen. Man erzählt, wer schon alles ausgewandert ist und Deutschland verlassen hat. Einige Bekannte sind nach Frankreich, nach Holland, die Verwandten aus Riexingen sind sogar nach Palästina ausgewandert und haben dort am See Genezareth einen Kibbuz gegründet. Auch Emil spricht davon, dass er eines Tages in nicht allzu ferner Zeit auswandern möchte, wahrscheinlich in die USA. Silvia hört genau zu. Sie fragt ihn, was man bei einer Auswanderung beachten müsste. Sie ist sehr an diesem Thema interessiert. Auch sie hat schon überlegt, von Deutschland wegzugehen. Sie sieht für sich keine Zukunft in Deutschland. Immerhin heißt es, das Reich solle tausend Jahre dauern. Das Gespräch plätschert vor sich hin, als Paula plötzlich zu schluchzen beginnt. Alle blicken sie ratlos an. Keiner versteht, warum Paula weint. Auch

Thea ist verwirrt. "Warum weinst du?" Unter Schniefen kommt es stockend aus Paula heraus. Ihre beste Freundin ist verliebt. Sie liebt einen deutschen Mann. Paula hat gehört, dass Hitler im Herbst Rassengesetze erlassen will. Es heißt, Ehen zwischen „Ariern" und Juden sollen nicht mehr erlaubt sein. Für ihre Freundin ist dies natürlich eine Katastrophe, die ihr den Lebensmut nimmt. Paula hat Angst um das Leben ihrer Freundin.

Noch ahnt niemand, was Hitler und die Nazis vorhaben. Verbotene Liebe ist noch das Geringste. Gebotenes Morden hat eine andere Dimension.

1938

Gerüchte über Gewalttaten an Juden verdichten sich. Auch in Michelbach stänkert seit einiger Zeit der Ortsgruppenleiter über die jüdischen Mitbürger. Sie seien nichts als Maden im Fleisch der Deutschen. Mina nimmt derartig böse Äußerungen noch immer nicht ernst. Es ist schon immer so gewesen, dass über die Juden schlecht gesprochen wird. Das war zu allen Zeiten so. Inzwischen ist es November geworden. Bis jetzt nimmt das Leben seinen gewohnten Gang. Es ist zwar für alle Juden anstrengender geworden und die verfügten Einschränkungen machen sich von Tag zu Tag stärker bemerkbar. Dennoch fühlt man sich in Michelbach einigermaßen unbehelligt von den verstörenden Zeitströmen des Nazi-Reiches.

Bis zum 7. November 1938. An diesem Tag erschießt der Jude Herschel Grynspan in Paris den Botschaftsangehörigen vom Rath. Es ist seine Rache, weil seine Eltern aus Deutschland in ihre polnische Heimat ausgewiesen worden waren, jedoch die polnische Grenze nicht überschreiten dürfen und deswegen irgendwo ungeschützt vor Wind und Wetter im Niemandsland festsitzen. Zwei Tage später, am Abend des 9. November, ist in der Judengasse lautes Grölen zu hören. Hitlerjungen und stramme Nazis aus der bayrischen Nachbarschaft, einige auch aus Crailsheim, treiben sich vor der Synagoge herum. Sie singen ihr Kampflied „Die Fahne hoch" und schreien ihr „Heil Hitler" hinaus. Die dunklen Wolken, die sich seit langem zusammengezogen haben und die Welt in einem düsteren Licht erscheinen lassen, entladen sich in einem donnernden Gewitter. Die Partei behauptet später, das Geschehen in der Nacht des 9. November sei spontan erfolgt. Manche glauben dies, aber vielen ist klar, dass diese Aktion schon lange vorher vorbereitet worden ist. Die Nazis haben nur auf einen günstigen Augenblick gewartet. Der ist jetzt gekommen. Die Synagogen sollen brennen. Den jüdischen Mitbürgern soll gezeigt werden, was man von ihnen hält. Nämlich nichts! Als der erste Stein fliegt und sich die tobende Bande zur Synagoge aufmacht, die eng von kleinen Häusern, in denen auch Christen wohnen, und von Scheunen voll mit Heu und Getreide umgeben ist, steht plötzlich Brauereibesitzer Schmetzer vor der Horde. Sein Wort hat Gewicht. Sogar die jungen Nazis spüren seine Autorität. Hier wird nichts brennen. Der Platz ist zu eng bebaut. Häuser von Christen dürfen nicht beschädigt werden. Vor allem aber fürchtet Schmetzer um seine Gerste, die in einer angrenzenden Scheune lagert und noch nicht gedroschen ist. Sollte die hinter der Synagoge stehende große Brauereischeune tatsächlich abbrennen, hätte die Brauerei Schmetzer keine Gerste mehr und das Bierbrauen wäre unmöglich geworden bzw. Carl Schmetzer hätte Gerste zukaufen müssen. Michelbach ohne Bier ist ganz und gar undenkbar. Aus Frust wüten die Nazibanden nun gegen jüdische Häuser. Mina hat vorsorglich die Haustüre verrammelt. Sie zieht sich mit ihren Töchtern in den obersten Stock zurück. Sie haben Angst, schreckliche Angst. Es ist also doch wahr, was man schon lange munkelt: Die Nazis machen Ernst mit ihrem Judenhass. Auch in Michelbach lebt man nicht mehr miteinander friedlich zusammen. Das Licht im Hause Gundelfinger ist gelöscht. Nichts soll daran erinnern, dass im Haus noch Menschen leben. Dabei kriecht die Angst aus sämtlichen Ritzen des Hauses. Am nächsten Tag wagen sich nur die Mutigsten und die Kinder auf Michelbachs Straßen. Thea berichtet später ihrer Mutter, was sich in dieser Nacht abgespielt hat. Alle jüdischen Einwohner seien über die Maßen beunruhigt gewesen. Schwierige Zeiten werden anbrechen. Zudem erfahren Mina und ihre Kinder, dass ihr Lieblingsonkel aus Nürnberg, ein Lehrer, in dieser Nacht schwer verletzt worden ist, tagelang das Bett hüten muss, um schließlich ins KZ

Dachau gebracht zu werden. Er hat die Katastrophe zwar überlebt, ist aber nicht mehr derselbe.

Die erste Maßnahme der Nazis gegen die Juden in Michelbach ist die Schließung der Synagoge. Von nun an darf kein Gottesdienst mehr abgehalten werden. Es kann aber auch beim besten Willen kein Gottesdienst mehr gefeiert werden, denn die für einen Gottesdienst notwendigen zehn Männer sind nicht mehr aufzutreiben. Auch die heiligen Thorarollen sind nicht mehr vorhanden. Hat man sie vernichtet? Sind sie geklaut worden? Ironie der Geschichte: eine der Thorarollen taucht später in Israel auf. Ein Auswanderer hatte sie mit sich nach Israel genommen. Beim Brand einer Synagoge, von einem ultraorthodoxen Juden gelegt, ist sie in den achtziger Jahren des letzten Jahrhunderts verbrannt. Den Holocaust hat die Michelbacher Thorarolle überlebt, aber in Israel ist sie Opfer der Flammen geworden. Die Inneneinrichtung der Synagoge ist nach dem Krieg gestohlen worden. Man kann das Holz der Bänke und Stände zum Heizen gut gebrauchen. Der wertvolle Kronleuchter der Synagoge ist bis heute verschwunden. Wo er ist und wo er versteckt wird, weiß keiner. Nach dem Ende des Krieges hing er jedenfalls noch da.

1939

Am 18. April wird Thea 14 Jahre alt. In normalen Zeiten würde sie in diesem Jahr mit ihren Altersgenossinnen beim Fest der Bat Mizwa in die Reihe der Erwachsenen aufgenommen. Aber in Michelbach gibt es keine gleichaltrigen Mädchen mehr. Nur Hans Joachim Stern ist so alt wie sie. Aber auch er kann an seinem vierzehnten Geburtstag kein Bar Mizwa feiern, denn die Synagoge darf nicht mehr benutzt werden. Die Familien Stern und Gundelfinger haben deshalb gemeinsam beschlossen, dennoch zu feiern und das wichtige Fest des Erwachsenwerdens ihrer Kinder zu Hause zu begehen. Thea und Hans Joachim sollen nicht darunter leiden müssen, dass unter der Nazi-Herrschaft für jede jüdische Familie und Gemeinde die Zeit schwer und kaum zu ertragen ist.

Im Verlauf der Feier kommt man selbstverständlich und unwillkürlich auf den Führer und seine Großmachtpläne zu sprechen. Es gibt kein anderes Gesprächsthema. Es herrschen die wildesten Gerüchte. Einmal sollen alle Juden in den Osten nach Polen transportiert werden, dann hört man, dass alle Juden in Madagaskar angesiedelt werden sollen. Die Pessimisten glauben sogar, das jüdische Volk solle ganz vernichtet werden. Was bleibe, sei die Auswanderung nach England oder in die USA. Theas Schwester Silvia ist schon nicht mehr bei der Feier dabei. Vor nicht allzu langer Zeit ist sie mit einem Kindertransport nach Großbritannien ausgewandert. Sie hätte mit ihren 17 Jahren weder einen Beruf ergreifen, noch studieren können. Keine rosige Aussicht für eine junge und intelligente Frau. Als sich die Möglichkeit des Kindertransports ergibt, entschließt sich Silvia sofort als Begleiterin der Kinder mit nach England zu gehen und die Chance zu nutzen, Deutschland zu verlassen. Nur so sieht sie für sich eine Zukunft. Mina jedoch vertraut immer noch auf die Tatsache, dass die

Familie Gundelfinger in Michelbach hoch angesehen ist. Was also sollte da passieren, wo doch klar war, dass sowohl Familie Gundelfinger, als auch Familie Stern Deutsche waren. Seit Jahrhunderten gibt es in Michelbach und in anderen hohenlohischen Orten ein gedeihliches Miteinander von Juden und Christen, stets beschützt von der Herrschaft der gefürsteten Grafen von Schwarzenberg oder der Herren von Brandenburg-Ansbach. Sie hatten den Juden einen Schutzbrief ausgestellt, der für alle Zeiten Gültigkeit haben soll. Bis in alle Ewigkeit soll er Gültigkeit haben. Doch auch in der Hitlerzeit? Schon spricht man von einem Reich, in dem Juden keinen Platz mehr haben werden. Noch aber leben die jüdischen Familien in ihren angestammten Häusern, eingeschränkt zwar, aber sie leben. Immer wieder und immer häufiger hört man von Bekannten, die Deutschland verlassen, manche Familien noch auf legalem Weg, andere auf abenteuerlichen Fluchtwegen über die Schweiz oder Frankreich. Nicht jede Flucht hat Erfolg. Wer von der SS geschnappt wird, landet unwillkürlich in einem KZ. Viele Menschen verschwinden in jenen Tagen und werden nie wieder gesehen. Was bleibt, sind Erinnerung und Asche.

Da Silvia Deutschland verlassen hat, überlegt Mina, ob nicht auch Thea mit einem Kindertransport in die USA gehen soll. Dort leben entfernte Verwandte, die Thea aufnehmen könnten. Thea lehnt ab. Nach Amerika auswandern will sie nicht, da sie ihre Mutter nicht alleine lassen will. Deshalb überlegt Mina auch für sich ein Visum für Amerika zu beantragen, um zusammen mit Thea nach Amerika zu gehen. Als sie das Visum Ende des Jahres bekommt, hat schon der Krieg begonnen und die Ausreise ist nicht mehr möglich. Da Thea nun nicht mehr ausreisen kann, schickt sie ihre Mutter auf ein jüdisches Gymnasium in Berlin. Sie lebt nun in einem Mädcheninternat, muss dort den gelben Judenstern tragen und sich bei den häufigen Razzien im Keller verstecken. Nur noch in den Ferien kommt sie wieder nach Michelbach.

1941/1942 - Jungfernhof

Zwei Jahre geht Thea nun schon auf dieses jüdische Gymnasium, als sie Ende November 1941 ein Telegramm ihrer Mutter erreicht. Sie solle bitte sofort nach Hause kommen. Mina hat die Nachricht erhalten, dass sie und ihre Tochter in den Osten des Reiches umgesiedelt werden sollen, zusammen mit allen anderen Juden. Mina möchte ihre Tochter um sich haben. Wer weiß, wohin Thea von Berlin aus gebracht werden würde. In diesen Tagen beginnt die erste Deportationswelle. Und mit ihr die Shoah. Von nun an wird das Städtchen Oswiecim (Auschwitz) zu einem Ort des Schreckens unermesslichen und undenkbaren Ausmaßes.

Der Ortsvorsitzende der NSDAP geht in Michelbach von einem jüdischen Haus zum anderen. Er hat einen Befehl auszurichten. Am 27. des Monats müssen sich alle Juden auf dem Bahnhof in Wallhausen einfinden. In dunkler Nacht. Auch der 46-jährigen Mina Sara und ihrer Tochter Thea wird dies befohlen. Jeweils ein Koffer oder ein Rucksack mit Kleidung, Trinken und Essen für einige wenige Tage können mitgenommen werden. Wer sich dem Befehl widersetze, werde standrechtlich erschossen. Der Parteibonze erklärt auch, dass alle Juden in den Osten umgesiedelt werden. Die jüdische Bevölkerung ist schon wenige Tage zuvor darauf vorbereitet worden. Ihr Eigentum, Haus und viele Möbel, die kleinen Gärten und die Schmuckstücke, hat man ihnen weggenommen und dem deutschen Staat bzw. der Gemeinde überschrieben. Sämtliche Juden werden zwangsenteignet. Sie sollen nichts mehr besitzen. Mina hat nicht viel, aber die Erinnerungsstücke an ihren Mann gibt sie nicht gerne her. Sie hat einige von ihnen in den Wintermantel und in die Jacken eingenäht. Auch Schmuck und Geld, als Notration für kommende Zeiten werden unter dem Futter des Mantels versteckt. Die beiden Frauen wissen nicht, was auf sie wartet. Sie wissen nur, dass sie jetzt warme Kleidung und vor allem Brot brauchen. Deshalb ziehen sie zwiebelartig dreimal Unterwäsche, drei Röcke und drei Pullover über. Der Winter im Osten soll sehr kalt sein. Sie müssen vorsorgen. Dafür bleibt in ihren Koffern noch Platz für jeweils einen Brotlaib. Mina hat gehört, dass Juden in Arbeitslager in Polen verfrachtet werden. Viele seien dort schon vor Hunger und Entkräftung umgekommen. Davor hat sie natürlich Angst. Eine Fahrt ins Ungewisse birgt eben immer ein Risiko. Wie jedermann weiß, tut sich fern der Heimat ein anderes Leben auf. Nur was für eines? Mina hält ihre bangen Gedanken vor ihrer Tochter geheim. Thea soll unbeschwert und fröhlich wie immer bleiben. Mina glaubt, sie könne ihre Tochter vor allen Sorgen bewahren. Bevor sie losziehen, putzt Mina noch einmal die gute Stube, wischt Staub, legt ein neues Tischtuch auf und stellt sogar eine Vase mit Blumen auf den Tisch. Sie will ihr Haus in ordentlichem Zustand verlassen.

Nachts ziehen sie los. Die Juden werden vor der ehemaligen Judenmetzgerei auf einen großen Wagen gesetzt, dem einzigen Wagen, der Gummiräder hat. Gummiräder machen auf den holprigen, noch nicht geteerten Straßen keinen Lärm. Der „Gummiwagen" gehört einem Bauern, der sie mit seinen Pferden nachts auf den Bahnhof nach Wallhausen bringt. Sie werden von ein paar SS-Leuten begleitet, die mit ihren Kübelwagen und Maschinengewehren die paar Juden begleiten. Unbeteiligte, zufällig Vorbeikommende müssen denken, dass ein Trupp Schwerverbrecher abgeführt wird. Dreizehn Menschen werden an diesem Tag zum Güterbahnhof gebracht. Dort müssen zunächst alle warten. Sie werden eingeschlossen. Niemand, der jetzt mit dem Zug nach Crailsheim oder Rot am See fährt, soll wissen, dass auf dem Bahnhof in Wallhausen Juden auf ihren Abtransport warten. Sie warten lange. Alle möglichen Gerüchte machen die Runde. Jeder hat eine andere Meinung über das, was kommen wird.

Keiner der Wartenden kann entspannt sein. Keiner weiß, was auf sie alle zukommt. Gegen Mittag heißt es plötzlich: „Macht euch fertig. Gleich fahren wir los." „Wohin?" „Nach Crailsheim und dann nach Stuttgart." So viel wird bekannt gegeben und dazuhin wird befohlen: „Keiner darf reden. Alle müssen schweigen." Ein Wort nur - und es gibt Hiebe mit der Peitsche oder einem Prügel. Niemand soll etwas von diesen Deportationen erfahren. Mit Vorhängen geschlossene Fenster lassen trotzdem Blicke durch. Man kann sehen, was geschieht. In Michelbach und in Wallhausen. Aber man kann und darf nicht darüber reden. Der Zug lässt auf sich warten. Kommt er überhaupt? Er hat große Verspätung. Die jüdischen Mitbürger stehen in eisiger Kälte am Güterbahnhof, strengstens bewacht von SS-Männern. Erst am Nachmittag kommt der Zug aus Lauda. Einige Waggons sind schon voller Menschen, Juden aus dem Tauber- und Vorbachtal. Die Michelbacher Juden steigen zu. Sie sehen Bekannte und Verwandte. Auch Angehörige der Familie Stern aus Niederstetten sind im Zug. Sie berichten, dass ein Großteil ihrer Familie schon nach Chicago und New York ausgewandert ist. Sie selbst hätten aber nicht daran geglaubt, dass es so schlimm kommen würde. Wer weiß, ob man nicht auch im Osten Bekannte treffen könnte. Nur ein kleiner Trost. Eine wahrhaft winzige Vertröstung.

In Crailsheim angekommen wird der Zug weit weg vom Bahnhof auf einem Abstellgleis am Wasserturm abgestellt. Die Nacht über verbringen die Menschen jedoch im Crailsheimer Gefängnis, eng zusammengepfercht. So soll gewährleistet sein, dass keiner erfährt, dass ein ganzer Zug voller Juden aus dem Norden Württembergs deportiert wird. Dafür sorgen die hohen Gefängnismauern, die Hunde und die SS-Männer.

Auf dem Bahnhof wird derweilen noch ein weiterer Wagen an den Zug aus dem Taubertal angehängt. Er ist für die Juden aus Crailsheim bestimmt. Auch sie müssen ihre

Heimatstadt verlassen. Sie werden zumindest bis Stuttgart mitfahren. Bis auch die Juden aus Crailsheim zusammengetrieben sind, dauert es lange. Erst am nächsten Tag fährt der Zug bei Anbruch der Dunkelheit los. Noch in der Nacht kommt er in Stuttgart auf dem Nordbahnhof an. Kaum hat der übervoll besetzte Zug in Stuttgart gehalten, werden die Juden von Bussen, deren Fenster zugehängt sind, auf den Killesberg gefahren und in schon vorher eilig zurechtgezimmerten Baracken untergebracht. Wieder heißt es warten, warten auf eine ungewisse Zukunft. Das Lager füllt sich von Tag zu Tag. Jeden Tag kommen neue Menschen auf dem Killesberg an. Der Platz reicht nicht. Nicht für jeden gibt es ein Bett. Die meisten müssen auf dem nackten Boden schlafen. Aber sie werden wenigstens einigermaßen gut behandelt. Die hygienischen und seelischen Zustände werden jedoch von Tag zu Tag schlimmer, katastrophaler. Waschgelegenheiten gibt es kaum. Eine Toilette für hundert Menschen kann nicht ausreichen. Durchfall und Übelkeit verschlimmern die Lage. Es wird unerträglich. Wortwörtlich beschissen.

Vom 1. bis 4. Dezember wird das Lager auf dem Killesberg geräumt. Das Sammellager hat seinen Dienst getan. Für Mina und Thea geht es am 1. Dezember mitten in einer kalten Nacht zum Nordbahnhof. Ganz hinten, fast am Ende der Gleise, wo sonst Güterzüge halten, steht ein Zug mit Güterwagen. In ihn werden die Juden verfrachtet. Junge und Alte, Kinder und Greise, Männer und Frauen. Ganze Busladungen Menschen werden in die bereitstehenden Güterwaggons gepfercht. Weil es draußen sehr kalt ist, zwängen sich die Menschen in die Ecken. Mina und Thea finden dort keinen Platz mehr. Es ist ihr Glück. Denn in den Ecken stehen die Eimer für die Notdurft. Schon bald stinkt es. Dem Gestank kann man nicht ausweichen, es sei denn, man steht, wie die beiden Frauen an der Tür, durch die zwar kalte, aber auch frische Luft in den Waggon kommt. Dadurch ist der üble, alles durchdringende Gestank von Schweiß, Urin, Erbrochenem und Exkrementen leichter zu ertragen, auch wenn dieser üble Gestank-Cocktail für jede Nase unerträglich und nicht zum Aushalten ist. Die Zugfahrt wird zur Tortur. Die Zustände sind unzumutbar. Krankheiten brechen aus. Am Schlimmsten trifft es die, die von Erbrechen und Durchfall betroffen sind. Das macht auch den mehr oder weniger Gesunden zu schaffen. Wer Fieber hat, lebt bald im Fieberwahn. Das Ganze ist gewollt. Kranke und Gesunde werden zusammen eingesperrt. Die Kranken sollen die Gesunden anstecken.

Ein Pfiff ertönt. Der Zug fährt ab, hinaus in die kalte Winternacht. Ein Seufzen geht durch alle Waggons, kriecht durch sämtliche Herzen und Brüste. Jetzt ist endgültig klar, dass man sein Zuhause wohl nie mehr sehen wird. Jetzt wird drastisch deutlich, wie schwer die Bedingungen sind, unter denen alle Zuginsassen leiden: zusammengepfercht, frierend, von beißendem Gestank umgeben, ohne Hoffnung auf Besserung. Und doch ist ein Funke Hoffnung geblieben. Denn auf Hoffnung basiert der Überlebenskampf der Menschen. Sie ist die Triebfeder für das Leben.

Wenn sie im Osten neu angesiedelt werden, wird es wieder besser sein. Im Osten soll es viel freies Land geben, im Osten sollen auch Millionen Juden leben. Endlich könne man wieder zur großen Gemeinschaft werden. Solche Gerüchte machen die Runde. Zunächst aber versuchen alle, sich gegenseitig zu helfen. Die Kinder werden auf den Arm genommen. Werden die Arme schlaff, übernimmt ein anderer das Kind. Sie sprechen sich ab. „Ich sitze und du stehst, dann wechseln wir uns nach einer Weile ab." Nur selten hält der Zug, damit den Eingeschlossenen Brot und Wasser gereicht werden kann. Wer zu schwach ist, geht häufig leer aus. Wenigstens werden die Waggontüren geöffnet, sodass ein frischer Luftzug in die Wagen gelangen kann. Einige springen aus den Waggons.

Vielleicht wollen sie fliehen, vielleicht sich nur die Beine vertreten, oder einmal wenigstens ausreichend frische Luft einatmen. Sie werden von den Wachleuten sofort erschossen und auf den Bahnsteig geworfen. Keiner räumt sie weg, sie werden nicht bestattet. Zu Beginn der Fahrt hält der Zug noch im Bereich von Bahnhöfen. Dort können die Anwohner die Toten noch bestatten. Später hält der Zug nur noch in Waldstücken. So fällt niemandem mehr auf, was sich auf diesem Transport abspielt. Das Töten, Sterben und Hinsiechen bleibt im Dunkeln, im Dunkel der weiten Wälder. Das monotone, traurige Schlagen der Räder deprimiert die Menschen, verstärkt ihre Verzweiflung. Es kommt ihnen vor, als seien sie schon eine ganze Ewigkeit unterwegs. Die Menschen sind wie in einem rollenden Kerker eingemauert, während draußen, für sie nur durch Ritzen sichtbar, die freie Welt vorbeizieht. Aus Entkräftung sterben immer mehr Menschen, die Alten und die Kinder zuerst, dann die vom Fieber Geschwächten. Es ist nur noch Leiden und Sterben, Hungern und Dürsten. Ein Gefühl für die Zeit hat keiner mehr. Irgendwann kommen sie irgendwo an. Der Zug steht in einer unbekannten Stadt. Den Namen der Stadt erfahren die Eingeschlossenen nicht. Die Lokomotive braucht Kohlen, auch Wasser muss getankt werden. Auf dem Bahnhof haben die Wachleute Erbarmen mit den Eingeschlossenen. Jeder Waggon erhält ein paar Eimer Wasser. Für die Verdurstenden beginnt der Kampf ums Wasser und das Überleben. Gleichzeitig keimt wieder Hoffnung auf, es werde alles ein gutes Ende nehmen. Wer getrunken hat, versucht, einen Blick auf den Bahnhof zu ergattern, vielleicht kann er einen entfernten Verwandten erblicken. Jeder Jude hat einen Bekannten in Polen. Nur Mina nicht. Wieder steht ihr Zug auf einem Nebengleis. Der Ort ist trist und leer. Keiner erwartet sie. Von Leben keine Spur. Nur die Arbeiter, die das Wasser bringen und die Türen geöffnet haben, sind zu sehen. Thea sieht bissige Hunde und Polizisten, Soldaten mit Helmen und Gewehren. Sie gehen auf den Bahnsteigen hin und her, auf und ab, bewachen die Eingeschlossenen. Wenigstens gibt es Wasser. Die Nazibestien haben anscheinend doch noch Mitleid. Aber es sind polnische Eisenbahner, die das Wasser reichen. Ein schriller Pfiff. Der Zug ruckelt an. In eine ungewisse Zukunft. Erneut greift die Trübsal mit eisernen Klauen zu. Mit jedem Kilometer wird der Schrecken größer. Es heißt, der Transport gehe nach Auschwitz. Jeder Jude kennt den Namen dieser Stadt. Hier wird getötet. Massenweise vergast und verbrannt. Ein ganzes Volk wandert in die Öfen. Menschen werden zu Asche. Alle hängen an den Ritzen der Wagen. Vielleicht können sie etwas erkennen, vielleicht kommt einer vorbei, der sagen kann, wohin man sie bringt und was alles an Schrecklichem auf sie wartet. Sind schon bald die letzten Minuten oder Stunden ihres Lebens gekommen? Stehen sie an der Grenze zur Ewigkeit? Mütter umarmen innig ihre Kinder, streicheln über ihre Köpfchen. Mina drückt Thea eng an sich. Sie küssen sich lange. Der letzte Kuss ihres Lebens? Der Zug verlangsamt seine Fahrt. Er hat offensichtlich sein Ziel erreicht. Er kommt zum Stehen. 2500 Menschen halten den Atem an. Mina wischt sich Tränen aus den Augen. Thea soll nicht sehen, dass sie Todesangst hat. Deshalb wendet sie sich ab. Angst haben alle. Todesangst hat eiserne Krallen. Der Zug der Todgeweihten steht vor den Toren von Auschwitz. Dort steigt aus großen Gruben schwarzer Rauch auf. Vielleicht brennen auch schon die Öfen von Auschwitz. Es riecht nach verbranntem Fleisch. Die Menschen sind erstarrt. Jetzt werden sie in die offenen Arme des Teufels fallen. Es ist kein Gott da, der sie auffängt. Gibt es Gott überhaupt? Ein Gott, der den Menschen zum Bewahren und Bebauen seiner Schöpfung geschaffen hat, wie kann der zulassen, dass sein bestes Werk verbrannt wird?

Plötzlich ertönt erneut ein Pfiff. Der Zug zuckelt wieder los. Die Menschen werden in ihrer Starre wachgerüttelt. Das Leben beginnt von Neuem. Die Angst lässt nach. Das Entsetzen schwindet. Die Öfen von Auschwitz sind nicht für sie bestimmt Mehr Menschen kann sogar Auschwitz zum jetzigen Zeitpunkt nicht verkraften. Vor den Öfen oder den großen Verbrennungsgruben häufen sich die Toten. Das aber wissen die im Zug Eingeschlossenen nicht. Mina versucht wieder zu lächeln. Thea drückt ihr einen dicken Kuss auf die Wange. Die bisherigen Ängste und Annahmen führten allesamt in die Irre. Die schrecklichen Vorstellungen waren grundlos. Es geht nicht in die Vernichtung. Vielleicht stimmt es ja doch, dass sie nur umgesiedelt werden. Mina ist sich sehr sicher, dass dieser Zug sie ins Leben fahren wird. Das sagt sie auch ihrer Tochter. Auf einmal heißt es, der Transport gehe jetzt nach Warschau. Die Vermutung stimmt. Der Zug kommt auf dem Bahnhof in Warschau an. Der Ort, der einst voller Juden war, ist leergefegt. Zwar stehen viele Menschen auf den Bahnsteigen. Sie wollen irgendwohin in die weite Welt fahren. Aber es sind keine Juden. Es sind Fremde, die auf ihren Zug warten. Sie lösen nichts als Hass und Neid aus. Sind sie die Teufel, in deren Fänge die Zuginsassen geraten sind? Sie sind frei und können gehen, wohin sie wollen. Keiner von denen ist eingeschlossen. Dagegen sind Mina und Thea und die anderen Menschen im Viehwaggon eingekerkert.

Der Zug bleibt irgendwo auf dem weiten Bahnhofsgelände von Warschau die ganze Nacht über stehen. Es gibt kein Essen, noch nicht einmal eine trockene Scheibe Brot. Es gibt nichts zu trinken. Jeder denkt nur daran, wie und wo er ein Stück Brot ergattern, einen Schluck Wasser auftreiben könnte. Kinder weinen: „Mutti, gib mir einen Schluck Wasser, einen Krümel Brot." Aber es gibt nichts. Alle fühlen sich hilflos in Anbetracht von Hunger und Durst. Einige besonders Mutige klopfen gegen die Wände: „Gebt uns wenigstens Schnee!" Von draußen jedoch hören sie nur das zynische Lachen der Wachen. Der Zug ist schwarz wie die Nacht. Noch schwärzer aber ist das Unglück derer, die darin gefangen gehalten werden.

Als die Nacht von der Morgenröte abgelöst wird, die Sonne zaghaft den Horizont küsst, setzt sich der Zug erneut in Bewegung. Langsam und monoton stampfend geht es weiter, einer noch immer ungewissen Zukunft entgegen. Weiter und weiter. Auf einmal fällt ein Mädchen um, ohnmächtig vor Durst und Schwäche. Ihre Mutter trommelt gegen die Waggontüre. Andere Frauen unterstützen sie. Auch Mina und Thea hämmern gegen das harte Holz. „Gebt uns Wasser", schreien die Menschen im Waggon. Wasser für das Kind. Auch in den anderen Wagen hört man Schreie nach Wasser. Es sind gewiss noch mehr Menschen ohnmächtig umgefallen. Der Lärm schreckt die Wachen auf. Der Zug hält. Irgendwo im Nirgendwo. Die soldatischen Begleiter bringen ihre Gewehre und Bajonette in Stellung. Dann werden die Türen geöffnet. Endlich kommt frische Luft in die Waggons, endlich sieht man wieder die Sonne. Endlich wird Wasser gereicht, eimerweise. Wie Vieh trinken die Verdurstenden. Dann geht es weiter, immer weiter nach Norden. Wohin? Keiner kann es sagen. Jetzt fahren die Eingeschlossenen meist nachts, im Schutze der Dunkelheit. Man sagt, die Rote Armee würde tagsüber die Eisenbahn bombardieren. Thea meint, wenn es nach Russland geht, dann geschähe vielleicht doch noch ein Wunder und sie alle würden befreit werden. Ein Funken Hoffnung vielleicht? Ein Trugschluss. Immer wieder fährt der Zug an, hält aber schon wieder nach wenigen Kilometern. Man hört die Wachen rufen, die Gleise seien bombardiert worden. Sie müssen gerichtet werden. Das kann dauern. Eine schwere, albtraumerfüllte Nacht umfängt die im Zug Eingeschlossenen. Der Zug steht die ganze Nacht. Am Morgen müssen alle aussteigen. Unter strenger Bewachung geht es den zerstörten Bahngleisen entlang zu Fuß weiter. Ein langer Marsch steht den Kraftlosen bevor. Nicht alle können mithalten. Auf sie wartet kein Zug, auf sie wartet ein Genickschuss. Endlich, nach einem Tagesmarsch, der eher ein mühsames Schlurfen und Stolpern ist, kommen sie auf einem Bahnhof an. Dort soll ein Zug auf sie warten. Doch kein Zug lässt sich blicken. Keiner steht da. Im Bahnhof und dem Güterbahnhofgebäude werden sie wieder eingeschlossen. Einen ganzen Tag heißt es warten. Wenigstens gibt es endlich etwas zu essen. Die warme Wassersuppe tut gut, auch wenn sie nicht sättigt. Werden sie den Endpunkt bald erreicht haben? Werden sie noch ewig weit fahren müssen? Keiner weiß es. Irgendwann, nach unendlich langer Zeit, kommt ein Zug auf einem Nebengleis an und hält. Die Menschen in den Gebäuden erwachen zu neuem Leben. Dürfen sie mit diesem Zug fahren? Sie dürfen. Sie müssen. Der Zug hat nur wenige Waggons. Es muss noch enger zusammengedrängt werden. Wer nicht rechtzeitig im Wagen ist, läuft Gefahr, auf der Stelle erschossen zu werden. Dieser Bahnhof ist für viele Alte und Kranke Endstation. Sie werden zum Sterben auf den Bahnsteig geworfen und dort liegen gelassen. Der Zug fährt los. Es geht immer weiter Richtung Norden, hinein in die Kälte. Wer noch einigermaßen riechen kann, schnuppert schon die Seeluft. Die Ostsee kann also nicht mehr weit weg sein. Doch wohin fährt der Zug? Er fährt langsam und immer langsamer. Irgendwann hält er. Endstation? Alle wollen wissen, wo sie gelandet sind. Alle drängen zu den Türen. Mina und Thea, deren Platz schon immer an der Tür ist, werden fast erdrückt. Auf einmal werden die Türen aufgerissen. Sie stehen wie schon so oft, auf einem Güterbahnhof.

Auf einem Schild ist das Wort Riga zu lesen. Die traurige Bilanz der Reise nach Riga: Fast ein Drittel der Eingepferchten hat die Reise nicht überlebt. Mina Sara und Thea gehören zu den glücklichen Überlebenden, auch wenn Mina sehr geschwächt ist. Die lange Zugfahrt und der dauernd nagende Hunger haben ihr sehr zugesetzt. Sie ist zudem erkältet und hat Fieber. Jetzt heißt es: „Aussteigen". Nicht freundlich, sondern hart, herrisch und hochnäsig, einfach selbstherrlich. Es wird gebrüllt. Befehle allenthalben. Geschrei und Einschüchterung. Allen Juden wird in diesem Augenblick klar, dass man auf diese Weise nicht mit willkommenen Arbeitskräften umgeht. Es geht hier nicht um einen Arbeitseinsatz zum Wohl der Menschen. Es wird ein Arbeitseinsatz zum Vernichten von Menschen. Das werden Mina und Thea sofort erfahren. Kaum ausgestiegen, müssen sie sich in Sechserreihen aufstellen. Männer rechts und Frauen links. Thea stellt sich neben ihre Mutter. Mina soll nicht alleine dastehen. Umringt werden sie von Soldaten und Polizisten, alle schwer bewaffnet. Auch jüdische Zwangsrekrutierte sind dabei. Sie brüllen am lautesten, auf Jiddisch, damit sie jeder verstehen kann. Mit dem Lauf des Gewehres werden sie sortiert. Irgendein deutscher Offizier, wahrscheinlich ein Arzt, nimmt die Aussortierung vor. Die Kräftigen haben sich erneut in Sechserreihen nach rechts einzuordnen, die Kinder und Schwächeren nach links. Alle werden geschubst, gestoßen und geschlagen. Wer irgendwie aus der Reihe tanzt, wird mit Knüppeln oder Gewehrkolben malträtiert. Die Kinder und die Schwachen werden auf Lastkraftwagen verladen. Sie dürfen fahren, denkt Mina und will ebenfalls zu den Schwachen gehen. Thea hält sie fest. Sie weiß es zwar nicht, aber irgendein Gefühl, ein siebter Sinn, hat ihr signalisiert, dass die Alten, die Schwachen und Kinder aus einem besonderen Grund abgefahren werden. In Stuttgart war es genauso. Die Kräftigen waren damals zum Nordbahnhof gefahren worden. Die Schwachen und Alten wurden mit anderen in dunkel verhängten Omnibussen irgendwohin gebracht. Wohin, das wusste damals keiner. Von den Menschen in den Bussen hat man nie mehr etwas erfahren. So könnte es auch hier sein, denkt Thea und hält ihre Mutter fest. Reden darf sie nicht, das ist ihr klar. Reden ist verboten. Die wenigen Sachen, die die Juden noch bei sich haben, müssen auf dem Bahnsteig in Riga zurückgelassen werden. Da stehen nun die

53

Köfferchen und Taschen, die Säcke und Beutel mit den letzten Habseligkeiten. Da stehen sie und warten, ob ihre Besitzer sie wieder abholen werden. Doch die Besitzer werden nicht wiederkommen. Die einen fahren weg, in ihr Verderben, die anderen müssen sich zu Fuß aufmachen - auch ins Verderben und Sterben? Wenn man nicht mehr angewiesen ist auf die nötigsten Dinge, wenn alles, was man noch brauchen könnte, auf einen Haufen geworfen wird, wenn keiner der noch Lebenden persönliche Gegenstände wie Schal, Jacke oder Schmuck mehr mit sich führen darf, kann das Ende nicht mehr weit sein. Jetzt stehen alle an der einen Schwelle, die man rückwärts nicht mehr überschreiten kann. Da geht auf einer Seite der Mann und auf der anderen Seite die Frau mit ihrem Kind. Später wird der Frau auch das Kind noch genommen. Es kommt auf die Todeswagen, die Frau darf noch einen letzten Blick auf ihr Kleines werfen. Wenn sie das nicht aushält und zusammenbricht, wird sie auf der Stelle erschossen. Die in den Waggons verbliebenen Toten werden vor den Augen der Wartenden auf den Bahnsteig geworfen. Da liegen sie, ausgezehrt, vom Todeskampf gezeichnet. Die Männer müssen die klapperdürren Leichname auf einen riesigen Haufen neben dem Güterbahnhof auftürmen. Sodann werden die Toten mit Benzin überschüttet und angezündet. Ein Bild, das Thea nie vergessen wird. Der einzige Halt, den sie jetzt hat, ist ihre Mutter.

Lange stehen sie in der kalten Winterluft. Endlich, nach Stunden in der Winterkälte werden sie weitergetrieben. Es soll schnell gehen. Wer nicht mehr kann und zurückfällt wird verprügelt oder gleich erschossen. Auch wer vor Schwäche umfällt, ist des Todes. Mina geht es nicht gut. Immer wieder greift sie nach Theas Hand und drückt sie. Thea gibt Mina Kraft. Die Mutter glaubt, sie müsse für ihre Tochter sorgen und Thea weiß, dass sie für ihre Mutter da sein muss. Stundenlang sind sie unterwegs. Es wird für alle ein äußerst beschwerlicher Weg.

Die beiden Frauen wissen, dass sie durchhalten müssen. Immer wieder peitschen Schüsse durch die Luft. Wieder ist jemand zusammengebrochen, wieder ist einer erschossen worden. Wieder hält die lange Marschkolonne der Frauen an. Das kleine Wäldchen, in dem die Frauen stehen, bietet wenigstens ein wenig Schutz vor den eisigen Ostseewinden. Sie stehen lange. Noch einmal wird durchgezählt. Zum wievielten Mal wird gezählt? Gezählt wird von den Nazis immer. Haben die Soldaten Angst, eine Frau könnte entwischt sein? Männer in Militäruniformen stehen herum und lachen zynisch. Sie lachen die Losmarschierenden aus. Es geht in ein mit Stacheldraht umzäuntes Gebiet. Thea und Mina schauen sich um. Sie hören hinter einer Bretterwand Stimmen. Laute Stimmen von erwachsenen Frauen. Durch die Ritzen der Wand sehen sie Frauen in ziviler Kleidung. Jede Frau hat eine Peitsche in der Hand. Sie sehen aber auch Frauen in gestreifter Kleidung. Thea ist sofort klar, dass sie in einem Frauenlager angekommen sind. Aber der Marsch geht weiter, durch das Frauenlager hindurch, an einem Männerlager vorbei. Dort tragen die Männer Ziegelsteine und schichten sie auf, Stein auf Stein. Was wird aus den Steinen? Später sehen sie es: die Steine bilden die Grundlage für Holzbaracken. In eine dieser jetzt schon errichteten Baracke werden Mina und Thea mit 200 anderen Frauen hineingetrieben. Frauen ohne Hoffnung und ohne Kraft. Es hagelt Knüppelschläge auf den Kopf. Wer eine Frage stellt - Knüppel auf den Kopf. Wer redet - Knüppel auf den Kopf. Wer stöhnt - Knüppel auf den Kopf. Eine Frau, man wagt es gar nicht zu glauben, singt ein jiddisches Liebeslied - Knüppel auf den Kopf. Sie singt dennoch weiter. Dann wird sie erschossen.

Die Angekommenen werden gruppenweise in einen Raum geführt. Man raunt sich zu: In diesen Räumen werden Menschen vergast. Nichts dergleichen geschieht. Zuerst müssen sich alle nackt ausziehen. Gierige, lüsterne Blicke der Wachen verfolgen vor allem die jungen Frauen. Thea schämt sich furchtbar. In diesem Raum werden die Frauen nach Läusen und Wanzen abgesucht. Anschließend heißt es: „Alle ziehen sich wieder an!" Ihre Kleider dürfen sie also noch behalten. Mehr als das, was sie auf dem Leib tragen, haben sie sowieso nicht. Nach dieser Entlausungsaktion werden die Frauen wieder hinausgetrieben. Die zwiebelmäßig angezogene Kleidung schützt Mina und Thea vor der strengen Kälte und dem böigen Ostwind. Irgendwann nach langem Marsch durch Schnee und Wind kommen sie an ihrem endgültigen Bestimmungsort an. Ein großer Gutshof, der Herrensitz einer adligen Familie: der Jungfernhof. Die vielen Gebäude, Scheunen und Stallungen bieten viele Möglichkeiten zur Unterbringung der Häftlinge. Außerdem ist nicht zu übersehen, dass im Randbezirk viele neue Baracken entstehen. Der Jungfernhof ist ein riesiges KZ. Ein Lager zur Vernichtung von Menschen. Töten durch Arbeit und Aushungern lautet die Devise der Nazis. Es ist inzwischen dunkel geworden. Der Weg zu den Ställen wäre nicht zu sehen, stünden hier nicht große Schweinwerfer, die jede Nacht zum Tag machen. Nichts, aber auch gar nichts, kann im Verborgenen geschehen.

Mina und ihre Tochter Thea haben das Glück zusammenbleiben zu dürfen. Ihr neues Domizil ist eine der großen Stallungen des Gutshofes. Sie werden in einem Pferdestall untergebracht, in dem einst viele Trakehner gestanden hatten. Irgendeine Frau findet heraus, dass die alten Tränkbecken der Pferde noch funktionieren. So haben die Frauen wenigstens Wasser. Die Pferdeboxen sind mit Stroh eingestreut. Das ist der Schlafplatz für die Frauen. Einige Boxen sind nicht mit Stroh ausgelegt. Sie dienen als Toiletten für die Frauen. Schon bald erfüllt der Geruch von Urin und Exkrementen die Stallung. Mina und Thea haben zum Glück eine Koje fernab der Toilettenkojen zugewiesen bekommen. Was die Frauen in ihrem Stall nicht sehen: die Männer, die in den großen Kuhställen untergebracht sind, müssen am Rande des Gutshofes viele riesige Gruben ausheben: Massengräber für die Exekutionen. Das Leben auf dem Jungfernhof ist gleichzeitig auch Sterben. Täglich gibt es den Morgenappell, der Stunden dauern kann, egal ob es eiskalt oder sehr heiß ist. Täglich machen die SS-Leute ihre Runden durch die Stallungen. Wer arbeiten kann, wird zur Arbeit auf die Felder getrieben oder zum Renovieren der maroden Gebäude eingesetzt. Es gilt, Baracken für weitere Häftlinge aufzubauen. In einem Teil der Schweineställe werden wieder Schweine für die Verpflegung der SS-Wachen eingestallt. Jetzt im Winter gilt es Schnee zu schippen und immer wieder Schnee zu schippen, von einem Haufen auf den anderen. Da ein Haufen Schnee, dort ein Haufen Schnee. Schnee von hier nach da. Eine sinnlose Arbeit. Im Frühjahr und Sommer müssen die riesigen Felder von Hand bestellt werden, nach herkömmlicher Art und Weise. Genauso wird das Unkraut gejätet. Wer schwächelt oder krank wird, hat sein eigenes Todesurteil unfreiwillig schon unterschrieben. Krankenpflegerinnen hantieren mit Spritzen, setzen tödliche Injektionen. Wer beim Arbeiten stürzt oder ohnmächtig umfällt, wird geschlagen, erhängt oder erschossen. Diese Todesschüsse werden zur Gewohnheit. Bei den Exekutionen müssen alle zusehen, sehen wie die Menschen am Galgen sterben. Wer erschossen wird, hat Glück gehabt. Das Leiden ist dann kürzer. Jeder im Lager fragt sich: „Wann bin ich dran?" Manche werfen sich bewusst hin, um aus ihrem Elend erlöst zu werden. Es sind nicht wenige, die sich auf diese Weise erschießen lassen.

Schon bald merkt Thea, dass auch ihre Mutter immer schwächer wird. Die Wassersuppe mit den wenigen Fettaugen und 200 Gramm Brot pro Tag sind zu wenig für eine erwachsene Frau, vor allem wenn sie von vornherein geschwächt ist und dazuhin noch hart arbeiten muss. Mina hat die lange Reise in den Norden schwer zu schaffen gemacht. Das Leben im KZ zehrt an ihren Kräften. Auch Thea wird davon nicht verschont. Aber sie ist jung und kann viel aushalten. Nach einiger Zeit werden die Frauen in eine größere Baracke verlegt. Aus dem trockenen Stall geht es nun in eine zugige, dunkle und feuchte Baracke. Die Kälte, die Feuchtigkeit und das dauernde Stehen beim täglichen Appell setzen allen zu. Mina wird krank. Sie bekommt Fieber. Kranke werden normalerweise zum Sterben liegen gelassen, Schwerkranke werden erschossen. Manche werden sogar ins Freie gebracht, wo sie jämmerlich erfrieren. Um ihre Mutter ein wenig aufzupäppeln, versucht Thea von ihrer Suppe etwas für Mina etwas abzuzweigen. Sie tunkt ihre Finger in die Suppenschale und lässt Mina daran lutschen. Mina kann kaum noch stehen, ihre Ellbogen sind steif. Es steht schlecht um sie. Sie wird von Thea in der Baracke versteckt, in der Hoffnung, dass Mina nicht gefunden wird. Das hätte ihren augenblicklichen Tod bedeutet. Mina wird nicht gefunden. Ein Wunder - bei der Gründlichkeit der Lagerwachen. Nach einiger Zeit geht es Mina wieder besser. Sie steht wieder tapfer auf dem Appellplatz. Aber sie hat sich sehr verändert. Mina sieht sehr schlecht aus, sie hat einen regelrechten Hungerbauch. Dennoch ist sie abgemagert und kann wegen ihrer geschwollenen Beine kaum gehen.

Eines Tages passiert es. Thea trifft bei der Gartenarbeit ihre Halbschwester Paula. Wochenlang hat sie nichts von ihr gehört. Sie weiß gar nicht, dass Paula auch auf dem Jungfernhof ist. Jetzt sieht sie mitten in der Gartenarbeit Paula. Die Schwestern umarmen sich vor Freude. Paula ist nicht in einem Stallgebäude, sondern in einer abgelegenen Baracke unter- gebracht. Ihr Appellplatz liegt hinter den Baracken. Ein Grund, dass sich die Schwestern nicht gesehen haben. Bei der Gartenarbeit sind Thea und Paula nahe beisammen. Das lässt sie einige Erfahrungen sofort austauschen. So erfährt Thea, dass Paulas Sohn Werner auch im Lager ist. Er lebt bei ihr in der abgelegenen Baracke. Bei der Aussonderung hatte sie ihn unter ihrem Rock versteckt. Leider wurde ihr Mann Julius zu einem Auswärtseinsatz selektiert, so dass Paula nicht weiß, wo er ist. Sie hatte ihn schon mehrere Tage nicht gesehen. Ob er noch lebt, wie es ihm geht, das bleibt im Dunkeln, wie so vieles in jener Schreckenszeit. Die beiden wollen sich so schnell als möglich erneut treffen. Thea will Paula heimlich besuchen, nachts, wenn die Wachmannschaften nicht nur ein Auge zudrücken, sondern beide Augen geschlossen haben oder vor Müdigkeit vor sich hin dösen. „Heute Abend wirst du meinen Sohn sehen." Thea freut sich auf den Abend, auch wenn es mit Lebensgefahr verbunden ist, denn niemand darf nach dem Abendappell mehr seine Baracke oder sein Haus verlassen. Thea will es dennoch wagen. Die Freude, ihre Schwester und deren Sohn zu sehen, ist einfach zu groß. Nachts schleicht sich Thea hinüber zu ihrer Schwester. Paula hat ihren Werner an die Hand genommen. Als Thea ihr noch sagt, dass auch die Mutter Mina hier ist, ist die Freude fast nicht zu überbieten, ein schöner Moment in der sonst so schlimmen Lage.

Wenige Tage später erhält Thea eine heimliche Nachricht zugesteckt. Paula verabschiedet sich von ihrer Schwester. Sie wird verlegt. Sie soll mit ihrem Sohn Werner nach Dünemünde in eine Konservenfabrik verlegt werden. Thea freut sich sehr für sie, da sie annimmt, dass dort bessere Bedingungen herrschen. Sehr viel später wird allerdings bekannt, dass dieser Transport direkt in den Tod führte – alle 1700 Menschen wurden im Wald von Bikernieki erschossen und in Massengräbern verscharrt. Nur ein blonder blauäugiger Junge, der aussieht, wie man sich bei den Nazis Arier vorstellt, ist von einem freundlichen SS-Mann „adoptiert" worden. Er wird ein Wolfskind, ein Kind, das seines Aussehens wegen zum germanischen, arischen Jungen gemacht wird. Der Junge teilt das Schicksal tausender polnischer, russischer oder jüdischer Kinder, die ihren Eltern weggenommen worden sind, um die arische Rasse zu mehren. Nach den Gepflogenheiten der Nazis wird er von seiner Herkunft nichts wissen.

Thea wird einige Tage nach Paulas Deportation in ein anderes Lager zur Feldarbeit geschickt. Sie trägt schon die Anzeichen einer beginnenden Krankheit in sich. Bei der Arbeit muss sie ihre Schwachheit unterdrücken. Sie muss heute auf den Feldern Unkraut jäten. Jede Pflanze, die sie ausreißt, ist für sie ein Wachmann, ein Soldat, ein verhasster SS-Mann. Die aufkommende Krankheit muss sie geheim halten. Thea muss tapfer bleiben. Sie will überleben. Schwäche darf sie nicht zeigen. Schwäche ist lebensgefährlich. Irgendwie übersteht Thea die nächsten Tage. Sie weiß, wer ins Lazarett kommt, der ist verloren. Aus dem Lazarett kommt kaum einer zurück. Thea will am Leben bleiben. Bei allen Entbehrungen ist für die jugendliche Thea das Schlimmste: Es gibt keinerlei Privatsphäre. Alles wird von allen gesehen: die Verrichtung der Notdurft, die Tage der Menstruation, obwohl diese wegen der entbehrungsreichen Zeit immer wieder mal ausfallen. Hinlegen, wenn man sich schwach fühlt, das geht gar nicht. Das wäre der Tod. Wassersuppe und wenig Brot schwächen den Körper so sehr, dass er seine normalen Funktionen ab und an einstellt. Sogar das Denken wird mechanisch. Man denkt nur noch von jetzt auf nachher. Gedanken an die Zukunft sind verschwendete Gedanken, wenn am Ende doch der Tod droht.

1942 - Riga

Es sind äußerst harte Jahre, die Thea fernab der Heimat verlebt. Die Jugendzeit wird ihr gestohlen. Im Juli werden Mina und Thea und einige andere Frauen aus dem Jungfernhof zurück ins Rigaer Ghetto verlegt. Warum weiß niemand. Vielleicht sogar die Nazis nicht. Es ist ein reiner Akt der Willkür. Im Ghetto ist es weitaus schlimmer als auf dem Jungfernhof. Es gibt keine Toiletten, nur lange Gräben mit ungehobelten Balken darüber: die Donnerbalken. Zum Essen muss man sich anstellen. Lange stehen aber kann Mina nicht mehr. Es könnte sein, dass sie dabei umfällt. Was dies bedeutet, ist klar: Wer nicht mehr stehen kann, muss sterben. Also bleibt Mina der Essensausgabe fern. Die schüchterne Thea weiß nicht, wie sie ihrer Mutter das Essen bringt. Sie muss erst lernen, sich durchzusetzen. Irgendwie gelingt es ihr, die Frauen, die das Essen lieblos in die Schüsseln klatschen, zu überzeugen, dass sie immer ein wenig mehr bekommt, als die übliche Portion. Thea ist klein und zierlich. Vielleicht hat dies die Frauen bewogen, ihr einen größeren Schöpflöffel Suppe zu geben. Thea versucht immer wieder, ein wenig Suppe für ihre Mutter zu ergattern. Aber die eigene Portion mit jemandem zu teilen, ist strengstens verboten. Wer erwischt wird, hat mit Bestrafung zu rechnen. Leider ist diese Zeit der größeren Portion schon bald zu Ende. Thea wird selektiert, um außerhalb des Ghettos zu arbeiten. Jetzt muss sich ihre Mutter selbst zur Essensausgabe im Lager schleppen. Die Arbeit, die Thea erledigen muss, ist schwer, aber völlig sinnlos. Thea, die Schmächtige, muss Sand schippen. Sand in Betonmischer, die nicht laufen, Sand von einem Haufen auf einen anderen und dann wieder zurück. Für Thea eine äußerst schwere Arbeit. Die Behandlung ist sehr schlecht. Schreien, mit Knüppeln geschlagen werden, ist an der Tagesordnung. Wer nicht mithalten kann, wird vor allen anderen gehängt und dort als Beispiel einfach hängen gelassen. Jede Frau soll sehen, was mit ihr geschieht, wenn sie nicht arbeiten kann. Diese Bilder der Gehenkten wird Thea nie vergessen.

Derweil soll Mina im Rigaer Ghetto Treppen fegen und Höfe kehren. Aber sie ist krank und kann das nicht. Der Lagerleitung soll dies gemeldet werden. Thea soll ihre Mutter ins Lazarett bringen. Aber Thea will es nicht. Sie weiß, was mit den Kranken im Lazarett geschieht. Die an den Bäumen Aufgehängten sind ein Beispiel für das Treiben der Nazis. Thea hält den Druck, der auf ihr lastet, fast nicht mehr aus. Wenig Schlaf, die harte Arbeit, dazu die Sorgen um die Mutter bringen Thea bis kurz vor einen Zusammenbruch. Aber um der Mutter willen, muss sie durchhalten. Als ihr befohlen wird, die Mutter ins Lazarett bringen zu lassen, dreht Thea fast durch. Aber es bleibt ihr keine Wahl, sonst wäre sie wahrscheinlich selbst irgendwohin gebracht oder erschossen worden. Zwei Tage ringt Thea mit sich. Auf gute und böse Art versucht sie Mina zu überzeugen, dass ein Aufenthalt im Lazarett für alle Seiten das Beste wäre und ihr, Thea, das Leben vielleicht retten könnte. Am 28. August, dem Geburtstag der Mutter, wird Mina von Thea ins Lazarett gebracht. Nach einigen Tagen wird Thea mitgeteilt, dass ihre Mutter gestorben ist. Wie sie später erfährt, hat man an ihrer Mutter grausige medizinische Experimente vorgenommen, die Mina nicht überleben konnte. Sie wurde vergiftet.

Thea leidet sehr daran. Sie wird krank und hat ähnliche Symptome wie ihre Mutter. Aber Thea weiß zu kämpfen. Sie will überleben. Da darf sie keinerlei Schwächen zeigen. Hart trägt sie auch an den Vorwürfen, die ihr die Mithäftlinge machen: „Was hast du nur deiner Mutter angetan? Wie konntest du sie ins Lazarett bringen?" Jedermann weiß zwar, dass sie das tun musste und ihr keine andere Wahl blieb, wenn sie nicht selbst sterben wollte. Thea aber will leben.

Im Herbst jedoch wird es für die Frauen besser. Wer auf den Feldern arbeiten muss, kann auch einmal einen Apfel auflesen, wenn die Wachmannschaften gerade nicht aufpassen. Einmal gar dürfen sie beim Kartoffel ausgraben und einsammeln mit dem Kartoffelkraut ein Feuer machen. Ein paar Soldaten, polnische Bauernsöhne, erlauben den Frauen, unter ihnen auch Thea, Kartoffeln in das Feuer zu werfen, um sie in der Glut zu braten. Ein herrliches Geschenk, das dem Lebenswillen neue Nahrung gibt. Leider sind im Ghetto-Alltag solche Höhepunkte sehr selten. Thea weiß längst, dass die Arbeit, die sie verrichten muss, nichts weiter ist als eine Arbeit, die zum Tod führen soll. Aber Thea darf noch eine gute Zeit erleben, eine lebensrettende Zeit. Eines Tages kommt die Lagerälteste und bietet ihr an, während der Winterzeit in der Küche mithelfen zu dürfen. Küche, das verspricht Wärme und ab und zu irgendetwas essen zu können - wenn es auch nur die Kartoffelschalen sind. In der Küche kann und darf man reden. Wichtigstes Thema ist dabei jeden Tag neu die Frage: „Hast du etwas von deinen Angehörigen gehört?" „Weißt du etwas von denen oder jenen?" „Wie lange werden wir noch leben dürfen?" Für die einen wird es irgendwann heißen, dass sie das Ende der Gefangenschaft erleben werden, auf die anderen wartet der Tod. Immer wieder fehlt eine Helferin in der Küche. Immer wieder heißt es, diese oder jene sei krank. Immer wieder ist dies eine der Lügen, die das Lager beherrschen. Sie sind umgebracht worden, aus Gründen, die niemand jemals erfahren wird. Das Morden geschieht um des Mordens willen, aus Lust am Töten, oder auch, weil die Naziparolen, jeder Jude sei ein Feind oder ein Untermensch, der die arische Rasse vergiftet, sich in den Herzen und Gedanken festgefressen haben. Liebevolle Familienväter, gutmütige Junggesellen, sonst unauffällige Deutsche werden zu Bestien. Juden, Sinti und

Roma werden zu Gequälten. Es ist wie bei den römischen Zirkusspielen einst in den Arenen. Da sind die Gequälten, zum Tod Verdammten - und dort ihre herzlosen Henker.

1943 - Kaiserwald

Zu Beginn des Jahres werden die Häftlinge zwölf Kilometer landeinwärts ins Arbeits- und Konzentrationslager Kaiserwald gebracht. Man will vermeiden, dass Menschen aus dem Ghetto Riga über die schon zugefrorene Ostsee fliehen. Der Marsch beginnt von Neuem. Kurz vor dem Lager müssen alle einen kleinen Fluss überqueren. Er muss durchwatet werden. Eine Brücke ist weit und breit nicht zu sehen. Der Fluss ist mit einer dünnen Eisschicht bedeckt. Die Frauen werden von den SS-Männern gezwungen, in den Fluss zu steigen. Ihre Schuhe haben sie ausgezogen. Trockene Schuhe sind wichtig. Überhaupt Schuhe. Man hat ihnen beigebracht, wie lebensnotwendig es ist, Schuhe zu haben, denn viele Fußmärsche werden den Gefangenen noch bevorstehen. Das eiskalte Wasser setzt allen zu. Eisstücke ritzen die Haut auf, Blut fließt an den Beinen hinab. Wer zögert und nicht sofort den Fluss durchwatet, wird mit Stockschlägen gezwungen oder ganz ins Wasser geschubst. Wer aus Schwäche nicht mehr aufstehen kann, wird erschossen. Der Fluss kurz vor Kaiserwald wird für einige zum Todesfluss. Er ist quasi der Hades, der in die Unterwelt führt. In Kaiserwald angekommen werden zunächst einmal die Männer von den Frauen getrennt. Jede Gruppe wird in die ihnen zugewiesenen Baracken gebracht. Bevor Thea aber dort ankommt, muss sie die übliche Prozedur durchlaufen. Thea wird mit den anderen Frauen in einen Raum geführt. Zuerst denkt sie, dass hier das Ende ihres Lebens gekommen ist. „Das ist der Raum, in dem ich umgebracht werde." Sie muss sich nackt ausziehen, wiederum beobachtet von gierigen Männeraugen der Wachsoldaten. Thea schämt sich furchtbar. Sie deckt ihre Scham mit den Händen ab, bis ihr ein Wachmann zwischen die Beine fasst. Anschließend werden die nackten Frauen nach Läusen, Wanzen und Flöhen abgesucht. Hauptuntersuchungsstelle: die Genitalien. Anschließend müssen alle nackt in eine andere Baracke gehen. Es ist bitterkalt. Der Schnee liegt tief. In dieser Baracke bekommen alle neue Kleidung: die übliche grau-blau gestreifte Häftlingskleidung. Ihre eigene Kleidung, der Rest von dem, was sie einst hatten, wird irgendwo entsorgt. Eine Frau bekommt Schuhe, die ihr zu groß sind, eine andere trägt Sandalen. Thea hat Glück. Sie ist klein und zart und bekommt passendes Schuhwerk, fast Kinderschuhe. Die Kleider oder Röcke sind der einen Frau zu klein, die oder jene Unterwäsche ist zu groß. Manche Frau erhält nur ein Hemd, manche nur eine Unterhose. Allen aber ist eines gleich: der Hunger. Zum guten Glück erhalten alle eine Suppe, zwar eine Wassersuppe, aber wenigstens etwas Warmes. Etwas, das stärkt. Kraft brauchen alle kraftlosen Frauen. Sie müssen schon kurz nach ihrer Ankunft Erde schleppen, von einem Ort zum anderen, in Körben und in Schubkarren. Sinn hat ihre Arbeit nicht. Sie dient ausschließlich zur Belustigung der Wachen. Wer von den Frauen nicht mehr kann, zu langsam ist oder zu wenig Erde von A nach B transportiert, wird geschlagen. Wer Erde verliert, wird ausgepeitscht. Es ist eine lächerliche, sinn- und nutzlose Arbeit. Wenn es nicht Erde ist, dann sind es Steine oder Sand, die hin und her zu schleppen sind. Arbeit ohne Sinn und Zweck. Die Menschen sollen zermürbt werden.

Eines Morgens hört Thea Schreie, Kinderschreie. Sie sieht nach und stellt fest, dass alle noch lebenden Kinder mit Lastwagen weggebracht werden. Wohin, weiß Thea nicht, aber sie ahnt: diese Kinder werden sterben müssen. Da sie selbst klein und schmächtig ist, hat sie große Angst trotz ihrem Alter noch als Kind angesehen zu werden. Vor dem nächsten Morgenappell drückt sie sich und versteckt sich in der Baracke. Sie wird gesucht, aber nicht gefunden. Thea hat großes Glück gehabt. Wenige Tage später gibt es erneut eine Selektion. Es geht zu einer weiteren Arbeit im Freien nach Misa: Torfstechen.

Eine schwere Arbeit, die viel Kraft erfordert. Kraft, die Thea nicht hat. Dennoch muss sie in Misa einige Monate lang Torf stechen. Sie lebt in Baracken, die für die Arbeiter und Arbeiterinnen errichtet worden sind, um ihnen den langen Weg von und nach Kaiserwald zu ersparen. Diese Ausquartierung aus dem Stammlager hat den Sinn, dass länger gearbeitet werden kann. Das große Problem ist und bleibt für alle der Hunger. Schwere Arbeit und wenig Essen vertragen sich nicht. Eines Tages spricht Thea ein Mann an. Er sieht, wie ihr die Arbeit und das kümmerliche Essen zu schaffen machen. Er bietet Thea an, ihr zu zeigen, wie man an Essen kommt. „Heute Nacht ist eine gute Gelegenheit", sagt er. Es ist bewölkt und fast Neumond. Die beiden treffen sich am Zaun, der das Lager umgibt. Der Zaun steht nicht unter Strom. Man kann gefahrlos unter ihm hindurch kriechen, vorausgesetzt, die Wachen passen nicht auf. In dieser Nacht krabbeln beide unter dem Zaun hindurch und gehen zu den nächsten Menschen, die sie sehen. Brot und Butter erhalten die beiden. Auch ein Stückchen Wurst. Damit ihr Fehlen nicht auffällt, müssen sie alsbald zurück ins Lager, auf dem gleichen Weg, auf dem sie gekommen sind. Aber sie verlaufen sich. Die stockdunkle Nacht wird ihnen zum Verhängnis. Plötzlich quietscht es unter ihren Füßen. Sie sind im Moor gelandet. Immer wieder sinken sie ein. Ein falscher Tritt und das Moor kann sie verschlingen. Von Moorleichen hat Thea schon viel gehört. Ihr wird unheimlich, gruselig. Sie finden keinen Ausweg aus dem sumpfigen Terrain. Das Moor hat sie im Griff. „Soll ich jetzt, wo ich mit viel Glück allem entronnen bin, unglücklich im Moor mein Leben beenden?" Beide kämpfen mit der Angst. Und was ist, wenn sie es schaffen, aber am Morgen nicht beim Appell erscheinen? Nach vielen vergeblichen Versuchen gelingt es den beiden beim Morgengrauen aus dem Moor zu entkommen. Noch schnell unter dem Zaun hindurch schlüpfen, bevor die Wachen wieder an ihrem Platz sind. Ein kurzes Abschütteln des Drecks, kurz in die Baracke und schon stehen die beiden wieder beim Zählappell auf dem zentralen Platz. So als ob nichts gewesen wäre. Dieses Erlebnis schockt Thea jedoch so sehr, dass sie nie mehr das Lager verlässt.

In Misa trifft sie beim Torfstechen Erich aus Wien, der sich in Thea verliebt. Er will sie sogar heiraten, wenn sie beide die ganze Misere überstehen. Auch Thea mag ihn, aber an Heirat mag sie nicht denken. Sie hat jetzt andere Sorgen. Eines Tages wird Erich sehr krank. Er ringt mit dem Tod. Er bittet einen Bekannten, Thea auszurichten, dass er sie gerne noch einmal sehen möchte. Den Tod vor Augen wolle er sich von Thea verabschieden. Trotz der Angst entdeckt zu werden, schleicht Thea in die Männerbaracke und bleibt die ganze Nacht über bei Erich sitzen. Sie hält seine Hand und wischt ihm immer wieder den Schweiß von der Stirn. So verabschiedet sich Thea von ihrem guten Freund. Am nächsten Tag wird Erich zurück ins Ghetto und dort ins Lazarett gebracht. Bald darauf stirbt der junge Wiener, er, der Thea den ersten Heiratsantrag gemacht hat.

Nach einigen Monaten beim Torfstechen in Misa wird Thea wieder zurück ins Ghetto von Riga gebracht. Dort trifft sie einen anderen Mann, den sie von früher her kennt und den sie sehr geschätzt hat. Jetzt ist er todkrank. So wie er aussieht, muss er schrecklich misshandelt worden sein. Jetzt kann er nicht mehr geradeaus gehen. Er wankt. Aus reiner Schadenfreude schubsen ihn die Wachen. Er fällt und wird am Boden liegend getreten. Die Männer treiben ihren Spaß mit dem armen, hilflosen Mann. Die Hilflosen werden zum Gespött der Leute. Kurz danach stirbt der zu Tode gequälte Mann.

1944 - Stutthof

Im August 1944 wird Thea in das Vernichtungslager Stutthof bei Danzig gebracht. Im Viehwaggon fährt sie von Riga bis Danzig. Die Eisenbahnwaggons werden durch die SS-Männer hermetisch verschlossen. Dicht an dicht stehen oder sitzen die Eingeschlossenen. Viele Menschen in einem verschlossenen Raum. Das birgt die Gefahr, dass Erstickungstod droht. Wer noch die Kraft hat, trommelt mit den Fäusten gegen die Türen. Die Gefangenen schreien: „Gebt uns wenigstens Luft zum Atmen. Macht ein Stückchen auf!" Die Wachen öffnen die Türen einen kleinen Spalt. Luft strömt herein. Dennoch sind zwei Menschen erstickt.

Das Leben in Stutthof ist furchtbar. Thea muss zwar nicht arbeiten. Nach draußen kommt sie nur bei den täglichen Zählappellen. Das stundenlange Stehen aber ist für sie und die anderen sehr anstrengend. Im Winter ist es bitterkalt, im Sommer brütend heiß. Der Appell ist wie eine bittere Strafe. Alle müssen stehen, keiner darf sich bewegen. Wer es dennoch tut läuft Gefahr erschossen zu werden. Im Winter bewegt Thea Finger und Zehen unauffällig, damit sie nicht erfrieren. Kein SS-Mann darf das sehen. Es wäre ihr Tod. Am meisten ist Thea darüber schockiert, dass vor allem die weiblichen Aufseherinnen weitaus schrecklicher als ihre männlichen Kollegen sind.

Einmal entdeckt eine dieser Frauen, dass Thea beim Appell ihre Zehen bewegt. Sie lässt Thea vortreten und schlägt sie mit Händen und Füßen, rammt ihr die Stiefel in den Bauch und brüllt, sie werde Thea umbringen. „Wenn ich dich Stinktier noch einmal erwische, weil du nicht still stehst, werde ich dich auspeitschen und erschießen." Thea weiß, dass dies keine leere Drohung ist. Ein anderes Mal, Thea begleitet eine Freundin zum Lagerkommandanten. Die beiden kommen an einem SS-Mann vorbei, der gerade seinen Schäferhund ausführt. Der Mann befiehlt dem Hund, die Freundin anzugreifen. Der Hund springt die junge Frau an und zerfleischt ihr Gesicht und ihren Körper. Blutüberströmt bricht Theas Freundin zusammen. Da der Hund nicht von ihr ablässt, muss Thea das Sterben ihrer Freundin mit ansehen. Thea wird befohlen, sofort in die Baracke zurück zu kehren. Kein Wort über diesen Mord sollte fallen. „Nur ein einziges Wörtchen", ruft der Mann hinter Thea her, „und ich werde auch auf dich meinen Hund hetzen, du Judenhure."

Wenig später spürt Thea unter ihrem linken Arm eine schmerzende Beule. Tag für Tag wird sie größer und der Schmerz unerträglicher. Sie hat im Lager eine lettische Ärztin kennengelernt. Ihr zeigt sie die eiterige Beule. Die Ärztin rät zu einer sofortigen Operation. Ansonsten droht eine Blutvergiftung. Die Lettin bietet Thea an, sie sogleich zu operieren. Doch seien ihre Möglichkeiten sehr begrenzt. Ein Skalpell habe sie nicht und Schmerz- oder Betäubungsmittel auch nicht. Es bleibt Thea die Wahl einer Operation mit einem Küchenmesser ohne Betäubung oder der Gang ins Lazarett. Dahin will Thea auf keinen Fall. Sie hat oft genug erlebt, dass der Gang ins Lazarett ein Gang ohne Wiederkehr gewesen ist. So war es ja auch bei ihrer Mutter. Thea hat zwei Optionen: Beides Mal bedeutet dies unter Umständen den Tod. Bei der Operation durch die Ärztin, ohne jegliche Hygiene und unter unerträglichen Schmerzen besteht wenigstens die Chance auf Leben. Thea lässt sich operieren. Vor Schmerzen wird sie ohnmächtig. Ihr Glück. So bekommt sie überhaupt nicht mit, mit welchen schrecklichen Schmerzen diese Operation verbunden ist. Aber sie überlebt. Die lettische Ärztin hat gute Arbeit geleistet.

Im Vernichtungslager Stutthof herrscht eine Läuseplage. Fast jeder Häftling ist davon befallen. Die Läuse nisten sich in der Kleidung ein, im Kopf- und in den Schamhaaren. Auch Thea ist von ihnen befallen. Wegen ihrer Wunde in der Achsel finden die Läuse gute Nahrung. Geschwächt von der Operation, mit einer entzündeten Wunde unter dem Arm wird Thea sehr krank. Sie ringt mit dem Tod und den Läusen. Ihre erste Aufgabe am Morgen ist, die Läuse, die sich um die Wunde scharen zu zerdrücken. Seither hasst sie alle Krabbeltiere. Zu allem Übel herrscht in jenen Tagen, in denen Thea so sehr geschwächt ist, auch noch eine Typhusepidemie. Auch das Fleckfieber hat sich ausgebreitet. Da Medikamente fehlen breiten sich beide Krankheiten rasend schnell im Lager aus. Die Lagerleitung tut nichts für die von der Krankheit Gezeichneten. Sie sollen sterben, das erspart schon einen Schuss. Auch Thea wird von diesen beiden Krankheiten heimgesucht. Es erwischt sie, weil sie sowieso schon sehr geschwächt ist, heftig. Häufig fällt sie vor Schwäche und Fieber in Ohnmacht. Aber sie übersteht mit Glück auch diese für viele den Tod bringenden Epidemien. Ihr Glück ist, dass in dieser Zeit keine Zählappelle mehr stattfinden. Die SS-Männer haben Angst, angesteckt zu werden. So bekommen sie auch nichts von Theas Krankheit mit. Einen Zählappell, bei dem sie stundenlang hätte stehen müssen, hätte sie nie und nimmer überlebt.

Eines Tages hört Thea in ihrer Baracke Flugzeuge. Sie fliegen direkt in Richtung Stutthof. Es fallen Bomben. Auch ihre Baracke wird getroffen. Es brennt. Feuer lodert im hinteren Teil. Viele Frauen finden dabei den Tod. Panik herrscht unter den Überlebenden. Jede Frau will so schnell als möglich ins Freie. Auch Thea schafft es mit Müh und Not nach draußen. Auch an anderen Stellen steigt Rauch auf. Thea sieht, dass nicht nur ihre Baracke getroffen wurde. Wieder hat sie großes Glück, denn kurz vor dem Bombeneinschlag ist Thea bei einer Bekannten im hinteren, jetzt zerstörten Teil der Baracke gewesen. Zur rechten Zeit ist sie wieder in den vorderen Teil gegangen. Ihre Bekannte ist getötet worden. Thea hat überlebt.

Auf Grund dieses Angriffes werden die Gefangenen in zwei Teile aufgeteilt. Hier sind die, die leben sollen, weil sie noch zu irgendwelchen Arbeiten herangezogen werden können, dort auf der anderen Seite stehen die, die zum Sterben verurteilt sind. Sie haben durch eine große Tür zu gehen, hinter der die Gaskammern und das Krematorium warten. Weil Thea noch sehr schwach ist, muss sie durch diese große Tür gehen. In diesem Augenblick weiß sie, dass jetzt alles vorbei ist. Sie wird sterben müssen. Auf ihrem Weg sieht sie Berge von Knochen, aufeinander getürmte Leichen, die noch verbrannt werden müssen. Sie sieht neben sich andere Frauen gehen, illusionslos wie sie, ergeben in ihr Schicksal. Manche beten leise vor sich hin. Es ist ein Wimmern. Die Gruppe der Frauen steht vor einer niedrigen Baracke. Im Hintergrund rauchen die Schornsteine der Verbrennungsöfen. Alle müssen sich vor der Baracke ausziehen. Ihre Häftlingskleidung liegt auf dem nackten Boden. Thea sieht die verhangenen Fenster. Sie weiß, dass sie gleich in eine Gaskammer treten wird. Beim Hineingehen schaut Thea zuerst nach oben. Sie sieht die Duschköpfe, die eine Dusche vortäuschen sollen. Sie sieht aber auch die Luken in der Decke, durch die das Gas auf sie herab geschüttet wird, ein Pulver, das zusammen mit Luft seine tödliche Wirkung entfaltet. Instinktiv hält Thea die Luft an, um das tödliche Gas nicht einatmen zu müssen. Aber es tut sich nichts. Keine Klappe öffnet sich. Sollten die Frauen in dem luftdicht abgesperrten Raum erstickt werden? Mehrere Stunden stehen oder sitzen die dichtgedrängten Frauen und warten auf ihren Tod. Manche müssen sich vor Angst entleeren, sie urinieren und erbrechen sich. Die Lage wird immer trostloser. Langsam geht den Eingeschlossenen der Sauerstoff zum Atmen aus. Verzweifelt hämmern einige Frauen gegen die Wände des Todes. Es tut sich nichts. In der Ferne sind wieder Flugzeuge zu hören. Die russischen Bomber werfen wieder Bomben. Sie treffen auch das Konzentrationslager. Wieder brennen Baracken oder Lagergebäude. Die Baracke der Vergasung wird nicht getroffen. Aber die Tür wird plötzlich geöffnet. Die Frauen können hinaustreten. Noch leben sie. Das Erste, was sie tun, ist tief einzuatmen, frische Luft zu schnappen. Sie greifen nach ihren am Boden liegenden Kleidern und erst dann wird ihnen langsam bewusst, dass sie dem Tod gerade von der Schippe gesprungen sind. Die Russen haben sie gerettet. Etwas liegt in der Luft. Die wenigen verbliebenen SS-Männer und Wachen werden zunehmend unruhiger. Die Zeichen der Zeit stehen auf Sturm. Es geht das Gerücht um, die rote Armee rücke immer weiter nach Westen vor. Königsberg und Riga sind schon eingenommen. Im Lager flüstert man sich zu, dass die Ostpreußen über die zugefrorene Ostsee mit Wagen und Pferden in langen Trossen über das Haff und die kurische Nehrung nach Westen fliehen. Die Bewacher bestätigen das Gerücht. Tausende seien im Eis eingebrochen und qualvoll ertrunken. Genüsslich schildern die Wachen die Flucht und die Todesszenen. Bald wird auch Danzig den Sowjets in die Hände fallen. Die Bomben auf Stutthof sind untrügliche Zeichen einer neuen Zeit. Von weither grollt es. Der Krieg rollt auf Danzig zu. Werden die anstürmenden Panzer, die sonst Tod und Verderben bringen, jetzt Leben schenken?

1945

April. Die Wachmannschaften rennen aufgeregt durcheinander. Für die Küche wird der Befehl ausgegeben, ein gutes Essen, mit viel Fleisch, kräftig und reichhaltig, für alle Lagerinsassen zu kochen. Dafür liefern die Wachmannschaften sogar zwei Schweine an. Die Suppe soll möglichst fett sein. Etwas Großes scheint bevorzustehen. Von Henkersmahlzeit ist die Rede. Vom Besuch einer Delegation aus Moskau oder vom Roten Kreuz wird getuschelt. Ihr soll vorgegaukelt werden, wie gut es die Leute in Stutthof haben. Nichts dergleichen entspricht der Wahrheit. Beim nächsten Morgenappell erfahren alle, dass das KZ geräumt werden soll. Noch heute. Im Hafen von Danzig liegen drei Schiffe bereit. Sie sollen die Insassen des Konzentrationslagers irgendwohin bringen. Niemand soll von den Gräueln der Nazis erfahren. Was mit den Menschen geschehen soll, weiß keiner, noch nicht einmal die Besatzung der drei Schiffe. Es sind Frachtschiffe. Sie sind alle drei übervoll mit den KZ-Häftlingen. Thea kann mit dem dritten Schiff Danzig verlassen. Sie kann es noch immer nicht begreifen, dass sie noch lebt, auch wenn sie nicht weiß, was alles auf sie zukommt. Da es deutsche Schiffe sind, ist sie noch längst nicht dem Tod entronnen. Die Schiffe könnten von feindlichen oder gar deutschen U-Booten torpediert werden, wie vorher das Riesenschiff Wilhelm Gustloff mit mehr als 9000 Menschen an Bord.

Neun Tage verbringt Thea auf dem Frachtschiff. Neun Tage voller Ungewissheit. Es gibt kein Wasser. Es gibt kein Essen. Viele verhungern auf den Schiffen. Die Toten werden ins Meer geworfen. Die Ostsee wird zum großen, nassen Friedhof. Menschen werden Fischfutter. Thea hat einen Platz auf dem untersten Deck gefunden. Sie kann sich aber nicht hinlegen, weil zu viele Menschen auf den Schiffen und unter Deck sind.

Thea muss im Sitzen schlafen. Wenigstens das kann sie. Was oben an Bord geschieht, bekommt sie nicht mit. Sie hört immer nur dass etwas in die Ostsee plumpst. Erst später erfährt sie, welche Tragödien sich abgespielt haben. Einer jungen Frau soll das Baby entrissen werden. Flehentlich bittet sie, ihr kleines Kind in den Armen behalten zu dürfen. Sie bietet als Gegenleistung den Wachen sogar ihren Körper an. Das Baby wird ihr trotzdem weggenommen und über Bord geworfen. Die junge Frau springt hinterher und ertrinkt. Eine andere Frau will mit einer Tasse und einer Schnur Wasser schöpfen. Salzwasser. Als sie sich über die Reling beugt, packen sie die Wächter und werfen sie über Bord. Ein kleiner Junge pinkelt einfach über Bord. Auch er wird ins Wasser geschmissen. Viele werden oftmals grundlos in die Ostsee geworfen. Den Nazis ist die Lust am Töten noch nicht abhanden gekommen. Sadismus herrscht auf den Schiffen. Durch puren Zufall entdeckt Thea im hintersten Winkel des untersten Decks einige Handvoll Weizen. Thea steckt die Körner eilig in den Mund, kaut sie, will sie aber nicht sofort schlucken, damit sie möglichst lange an der Köstlichkeit hat. Ein bisschen Weizen schiebt sie sich sogar in den Büstenhalter, als Reserve für später.

Eines Morgens ist wieder Flugzeuglärm zu hören. Die Schiffe werden bombardiert. Thea ist gerade an Deck gegangen. Sie hat es irgendwie geschafft, das Unterdeck zu verlassen. Mit vielen anderen quält sie sich eine Leiter zum Oberdeck hoch. Oben angekommen gibt es eine Explosion. Das Schiff ist getroffen worden. Metallteile fliegen auf das Deck. Metallteile des eigenen Schiffes. Eine Frau neben Thea wird tödlich getroffen. Haarscharf fliegt das Wrackteil an Theas Kopf vorbei. Sie hat Glück, die andere Frau nicht. Aus dem Heck quillt Rauch. Wo Rauch ist, ist aber auch Feuer. Das Schiff brennt. Panik bricht aus. Niemand will kurz vor der Rettung noch sterben. Die engen Treppen sind durch die Drängelnden verstopft. Die Menschen rennen sich um, jeder will in Sicherheit. Thea wird umgeworfen. Die Menge stolpert über die am Boden liegende junge Frau. Nicht viel fehlt und Thea wäre zu Tode getrampelt worden. In letzter Sekunde kann sie sich zum Glück aufrappeln. Dabei wissen alle, dass der Krieg schon fast vorbei ist. Auch Thea weiß dies. In den wohl letzten Stunden des Krieges hat sie berechtigte Angst, noch im allerletzten Moment um ihr Leben zu kommen und sterben zu müssen, quasi eine Sekunde vor zwölf vor ihrer Rettung. In diesen Momenten großer Angst denkt Thea immer wieder an ihre Schwester Silvia, die sie unbedingt noch einmal sehen möchte. Diese Gedanken geben ihr die dringend nötige Kraft zum Durchhalten. Eine neue Gefahr kommt jedoch immer näher: das Feuer! Viele springen ins eiskalte Wasser. Von der Wachmannschaft ist weit und breit nichts mehr zu sehen. Die Wachen haben sich auf das andere Schiff hinüber gerettet. Die im Wasser treibenden Juden heben noch einmal die Hände und beten das Totengebet ‚Sch'ma Israel'. Dann versinken sie in den Fluten. Seit jenem Moment kann Thea dieses Glaubensbekenntnis Israels weder selbst beten, noch hören. Nur wenige können zu einem anderen Schiff übersetzen, das den Anker geworfen hatte um zu helfen. Thea selbst ist noch auf dem weiterfahrenden, aber brennenden Frachter. Inzwischen ist noch ein weiteres Frachtschiff hinzugekommen. An Bord entbrennt eine heiße Diskussion, ob man Juden überhaupt aufnehmen soll. „Sind es die Juden überhaupt wert, dass wir uns in Gefahr begeben?" Die Besonnenen setzen sich Gott sei Dank durch. Die Deportierten werden an Deck genommen. Auch Thea will hinüber. Sie drängelt sich vor. Sie will nicht in diesem Feuer sterben. Aber einer der Wachleute richtet die Pistole auf sie. „Geh zurück. Wer drängelt, wird erschossen!" brüllt er Thea an. Aber das Drängeln hat sich gelohnt. Thea kommt auf das andere Schiff. Nicht jeder und jede hat dieses Glück. Einige müssen zurückbleiben. Die beiden Frachtschiffe können nicht alle Menschen aufnehmen. Kurze Zeit später versinkt das brennende Schiff in den Wogen der Ostsee. Thea und die anderen verbringen eine Nacht auf dem Schiff, das sie aufgenommen hat. Zuerst erhalten sie alle eine Tasse Kaffee und ein gut belegtes Stück Brot. Endlich etwas zu essen und zu trinken. Die Hungerzeit ist vorbei. Noch schöner und erfreulicher jedoch ist, dass auch der Krieg vorbei ist. Mit Jubel haben alle diese Botschaft des Kapitäns aufgenommen. Endlich ist Frieden! Die Frage ist nur, welche Zukunft auf die Überlebenden wartet? Was hinter den Juden liegt, ist schrecklich zu beschreiben.

Am nächsten Morgen, dem Morgen des ersten Friedenstages kommt erneut ein Schiff. Es legt sich längsseits des Frachters. Die Frauen und Männer müssen auf dieses Schiff übersetzen. Die Route des Frachters führt nämlich nicht nach Deutschland. Thea will ihr rettendes Schiff nicht verlassen, wer weiß, wohin das andere Schiff fährt. Sie weiß nicht, dass es ein amerikanischer Kreuzer ist, ausgesandt, um Schiffbrüchige zu retten. Als Thea dies gesagt wird, gibt es auch für sie kein Halten mehr. Sie will ins Leben zurück. Der amerikanische Kreuzer bringt alle nach Kiel. So schnell, wie es jeder möchte, geht es allerdings nicht. Zunächst heißt es warten und nochmals warten, dann werden alle in Baracken gebracht, die einst für Kriegsgefangene errichtet worden waren und noch geräumt werden mussten, damit die vom Schiff Überlebenden wenigstens ein Dach über dem Kopf haben. Schlimme Erinnerungen an früher, an Konzentrationslager und Gefängnisse tauchen wieder auf. Die Kranken werden, nachdem alles gesichtet ist, in Krankenhäuser gebracht. Auch Thea wird in das Hospital eingeliefert. Sie hört noch, wie ein Arzt zum anderen sagt: „Die wird auch nicht mehr lange leben. Die wird uns nicht lebend verlassen." Anstatt jetzt psychisch zusammenzubrechen, wie es normal ist, wenn man so etwas hört, stärkt es Thea. Das Leben in den Lagern ohne religiöse Momente, ohne koscheres Essen, hat Thea geprägt. Sie ist Jüdin und will eine gute Jüdin sein, mehr noch ein guter Mensch. Aber der jüdische Glaube spielt nicht mehr die Rolle, wie in ihrer Kindheit. Wichtig ist der feste Wille zum Überleben und zu einem menschenwürdigen Leben. Dass sie die schlimme Zeit überlebt hat, sieht sie nicht als die gute Tat Gottes, sondern als reines Glück, als Zufall und durch ihren eisernen Willen, den sie von ihrem Vater geerbt hat. Sie will unbedingt noch ihre Schwester Silvia sehen und ihr alles berichten, was sie erlebt hat. Von dem, was im Krankenhaus mit Thea gemacht wird, wie sie behandelt wird, kriegt sie nichts mit. Nur der Wunsch, Silvia zu sehen, ist in ihr Gedächtnis eingraviert.

Nachdem sie gesund gepflegt worden ist, darf sie das Krankenhaus verlassen. Für die Überlebenden von Riga, Kaiserwald oder Stutthof gibt es jetzt Hoffnung auf ein neues Leben. Sie haben in Kiel neue Kleidung erhalten, ein gutes Essen bekommen, zunächst natürlich leichte Kost, weil ihre geschrumpften Magen nicht viel aushalten. Erst später können sie sich zum ersten Mal seit vielen Jahren satt essen.

Thea macht sich auf den Weg nach Hamburg. Ein ganzer Zug mit Menschen, die alle Richtung Süden wollen, ist auf dem Weg dorthin. Einige wollen von Hamburg aus in die USA reisen. Sie haben dort Verwandte, die für sie die beglaubigte Bürgschaftserklärung über 5000 Dollar vorweisen können. Ihnen wollen sie telegrafieren, eine Fahrkarte für die Überfahrt zu bezahlen. Solange hoffen sie, irgendwo unterkommen zu können: bei Bekannten oder in Wohnheimen und Hotels. Was sie nicht wissen, aber alsbald erfahren werden, ist die Tatsache, dass Hamburg völlig zerstört ist. Auch Thea erlebt die von Bomben zerstörte Hansestadt Hamburg. Oftmals ist kein Durchkommen durch die von Schutt bedeckten Straßen Hamburgs. Viele Trümmerfrauen und alte Männer räumen Schutt und Steine weg, damit ein Weg frei wird. Aber sie kann die Hamburger, die ihr begegnen, nicht bedauern. Im Gegenteil:

Schadenfreude kommt auf. „Recht geschieht den Deutschen wenn ihr Land zerstört worden ist, wo sie doch unser Volk zerstört und vernichtet haben." Bei diesen Gedanken fühlt sie sich wohl. Thea steigt weiter über Schuttberge, sie will weiter nach Süden. Sie will heim nach Michelbach, weil sie erfahren hat, dass ihr Heimatdorf im amerikanischen Sektor Deutschlands liegt und sie nach lebenden Verwandten suchen will. Ihre Kinderzeit kann sie nicht vergessen, so wie auch ihre Erlebnisse, die sie in den Jahren ihrer Deportation durchgemacht hat, haften bleiben. Aber sie ist nicht verbittert, nur glücklich, das Leben wieder genießen zu können. Wie sehr, wird die Zeit zeigen. Außerdem ist sie natürlich neugierig, wie es in ihrer Heimat aussieht. Insgeheim hofft sie allerdings, dass Michelbach genauso zerstört ist wie Hamburg. Kein Stein soll mehr auf dem anderen sein. Zerbombt und menschenleer soll ihr Geburtsort sein. Das ist ihr größter Wunsch in diesem Augenblick.

1945 - Michelbach

Gut gestärkt macht sich Thea von Hamburg aus auf den Heimweg. Dies ist allerdings kein so einfaches Unterfangen, wie sie zunächst gedacht hat. Es ist ein weiteres Abenteuer, denn die meisten Bahnhöfe und Eisenbahngleise sind zerstört. Züge fehlen. Lokomotiven können nicht fahren. Auf den Bahnhöfen werden die Kohlen geklaut. Deshalb bringen die amerikanischen Soldaten diejenigen, die nach Süden wollen, zunächst bis Lüneburg. Erst ab da ist es für kurze Zeit möglich, mit einem Zug weiter nach Süden zu fahren. Bis Hannover dauert es fast einen ganzen Tag. Von da aus geht es über Göttingen bis Würzburg, langsam zwar, aber wenigstens stetig weiter. Allerdings müssen die Reisenden in Bebra sehr lange warten, da eine Lokomotive nicht eingetroffen ist. Ihr fehlten schlichtweg die Kohlen zum Heizen. Ein längerer Aufenthalt muss eingelegt werden. Der Bahnhof ist schwer beschädigt und manche Gleise sind nicht befahrbar. Bahnhöfe waren das bevorzugte Ziel der Bombenabwürfe der Alliierten. Trümmer auf den Gleisen müssen erst beseitigt, Weichen neu gerichtet werden. Erst dann kann weitergefahren werden. Erst nach einigen Tagen erreicht Thea Würzburg. Die Heimat rückt näher. Über Lauda geht es problemlos bis Crailsheim. Die Taubertalbahn ist weitgehend heil geblieben. In Königshofen werden noch einmal Kohlen in den Tender geschaufelt, dann geht es schlussendlich weiter bis Crailsheim. Der Bahnhof ist nur noch eine Ruine. Ein Wunder, dass hier überhaupt noch Züge fahren können. Nach Michelbach muss sie zu Fuß gehen, nachdem der Zug aus Lauda in Wallhausen nicht angehalten hat. Sie geht durch eine völlig zerstörte, in Schutt und Trümmern liegende Stadt. Die mit Steinen und verbranntem Holz bedeckten Straßen lassen oft nur einen kleinen Fußweg frei, einen Pfad durch eine graue Trümmerwüste. Der Gang durch diese Schuttberge lässt sie erschrecken und macht sie gleichzeitig zufrieden. Das ist die Folge des monströsen Hitlerwahns, der ihren jüdischen Glaubensgenossen und vielen anderen das Leben gekostet hat. Thea geht durch Satteldorf und Gröningen, zwei Orte, die wenig zerstört sind, auch Wallhausen ist kaum zerbombt worden. Wie es wohl in Michelbach aussieht? Schon von weitem sieht sie den spitzen Kirchturm Michelbachs aufragen, der Turm der Reubacher Kirche ist jedoch in der Ferne nur noch als Stumpf zu erkennen. Als Thea an der Schleifseemühle vorbeikommt, den Friedhof passiert, ist sie endlich in ihrem Michelbach angekommen. Es hat sich in den Jahren ihrer Gefangenschaft nicht viel verändert. Die Brauerei ragt noch in den Himmel, ihr altes Wohnhaus gibt es noch. Sogar die Synagoge steht noch fast unversehrt, umgeben von Scheunen und kleinen Wohnhäusern. Als sie die Treppen zu ihrer Wohnung hochsteigt, ist sie auf eigenartige Weise erleichtert. Thea ist zurück in ihrer Kindheit angekommen. Aber: Sie kann nicht vergessen, was ihr angetan worden ist. Der Tod ihrer Mutter belastet sie noch immer schwer. Sie ärgert sich kurz über die Michelbacher, aber sie sieht in einer Rache keinen Sinn mehr. Wie auch sollte sie sich rächen? Das Unheil ging in den vergangenen Jahren nicht von Michelbach aus. Die Wurzel des Übels saß in Berlin. In einer kriminellen Bande von verantwortungslosen Nazis unter Hitlers Führung.

Als Thea in ihrer Wohnung ankommt, stellt sie zunächst einmal fest, dass nur noch wenige Möbel vorhanden sind. Nur ein Bett steht noch im Schlafzimmer. Sie erinnert sich gehört zu haben, dass alle Möbel wenige Tage nach ihrer Deportation von den Nazis eingezogen worden sind. Man hat sie für billiges Geld verkauft, Möbel, an die sie sich so gerne erinnert. Möbel, die die Familiengeschichte dokumentieren. Wieder kocht eine Wut in Thea auf. Die vergangenen Jahre lassen sich nicht so leicht verdrängen. Bald wird sie jedoch besänftigt. Bäcker Göller von nebenan hat ihr Kommen gesehen. Er will die ehemalige Nachbarin begrüßen, und natürlich will er auch wissen, was mit Mina geschehen ist, nachdem er gesehen hat, dass Thea alleine zu Hause angekommen ist. Göller bringt ihr einen kleinen Laib Brot, Butter und ein paar Bretzeln als Geschenk mit, um Thea willkommen zu heißen. Er freut sich, dass sie heimgekommen ist. Nachdem Bäcker Göller wieder gegangen ist und Thea zwei Butterbrezeln gegessen hat, wirft sie sich auf das Bett und weint hemmungslos. Die Tränen wollen nicht aufhören zu fließen. Die schwere Last der vergangenen Jahre muss sie loswerden, sie muss von ihr abfallen. Aber die grausame Erinnerung bleibt dennoch in ihrem Gedächtnis eingebrannt. Am nächsten Tag führt sie ihr erster Weg zum Friedhof an das Grab ihres Vaters. Dem will sie ihr Leid klagen. Noch nie ist sie im ‚guten Ort' gewesen, doch das ist ihr jetzt egal. Es gibt keine jüdische Gemeinde mehr, die über die vielen Gebote des Judentums wacht. Sie sind für Thea ein Teil der Vergangenheit. In aller Stille will sie ihrem Vater erzählen, was sie und ihre Mutter durchgemacht haben. Sie hofft hier ihre innere Unruhe ablegen zu können. Auf dem Weg zum Judenfriedhof spürt sie die Blicke der Frauen und Männer, die ihr begegnen, wie spitze Nadelstiche. Ungläubige, fragende Blicke, verschämt oder schuldbeladen, treffen sie ins Herz. In diesem Moment nimmt sich Thea vor, nie wieder tagsüber auf die altbekannten Gassen und Straßen im Ort zu gehen. Nie wieder will sie Menschen begegnen, einstigen Bekannten und Nazis. Sie will sie nicht mehr sehen, zu tief sind die Wunden der vergangenen Jahre, zu schmerzhaft die Erinnerung. Sobald sie jemanden von früher sieht, tauchen Erinnerungen auf, gute und vor allem schlechte. Gedanken kommen in ihr hoch, dass sie alle, die den jüdischen Mitbürgern Böses angetan hatten, sie beraubten und denunzierten, bei den Amerikanern melden und anzeigen will. Sie ertappt sich sogar bei dem Gedanken, dass sie am liebsten möchte, dass diese Leute wie sie und ihre Mutter ebenfalls in Lager gesperrt würden. Eines Tags trifft sie bei einem ihrer nächtlichen Spaziergänge vor dem Stall der Brauerei Schmetzer einen guten Bekannten. Moritz Eichberg, jüdischer Viehhändler aus Michelbach, ist gerade im Begriff im Stall nach dem Rechten zu sehen. Er ist aus dem KZ Theresienstadt zurückgekehrt. Seinen Viehhandel hat er wieder aufgenommen. Eine Kuh und zwei Rinder darf er in den großen Ställen der Brauerei Schmetzer unterstellen, bis er seinen eigenen Stall wieder aufgeräumt hat. Der ist noch vollgepackt mit seinen Möbeln, die die Käufer des Hauses dahin verfrachtet hatten. Auch er hat eine tote Frau zu beklagen, hat die ganze Skala des Leidens durchlaufen. Nur weil er mithalf, die Typhustoten zu verbrennen, hat er überlebt und wurde frei gelassen. Weil sein Haus zwar verkauft, aber noch nicht bezahlt ist, darf er sogar wieder in sein eigenes Haus einziehen. Er ist gekommen, weil die Kuh heute Nacht kalben soll. Er sagt Thea noch, dass sie, die beiden letzten überlebenden Juden von Michelbach, zusammenhalten müssen. Thea bejaht dies, aber die, die das Unglück verursacht haben, müssten zur Rechenschaft gezogen werden. Nazis habe es genügend im Dorf gegeben, Menschen, die ihre Freude am Untergang der Juden gehabt haben. Ihnen könne sie nicht vergeben, nur nachts könne sie auf die Straßen und Gassen im Dorf gehen, wenn sie sicher sei, niemandem mehr zu begegnen. Dass sie ihn, Moritz, heute Nacht getroffen habe, sei ein Wunder. Moritz lädt Thea auf den anderen Tag zum Essen ein. Thea kommt gerne, ein warmes Essen tut ihr gut. Am nächsten Tag erläutert Moritz nochmals seine Pläne. Von Rache halte er nichts. Die Michelbacher Bürger hätten zwar auch Hitler zugejubelt, wie die meisten Deutschen, aber sie seien nicht schuld an den Gräueltaten der Nazis, die sie am eigenen Leib erlebt hätten. Er selber hat in den vielen KZs, die er durchlaufen hat, gemerkt, dass Hass und Rache nur hinderlich für ein normales Leben seien. Nur so habe er überlebt - und natürlich auch mit Glück. Immer aber habe er den Gedanken, die Deutschen zu hassen, von sich geschoben. Judenhass ist ein Teil der deutschen Geschichte. Wer Juden hasst, ist nichts weiter als ein unmündiger Verführter. Mit diesem Teil der deutschen Geschichte will er nichts zu tun haben. Es wird einmal die Zeit kommen, dass sich die Menschen ihrer Taten schämen und zur Rechenschaft gezogen werden. Diese Zeit will Moritz Eichberg noch erleben. Thea lassen die Worte Eichbergs aufhorchen. Sie geben ihr zu denken. Es stimmt. Rache ist kein geeignetes Mittel, die Zukunft zu gestalten. An wem auch sollte sie Rache nehmen und wie? Thea verwirft den Rachegedanken, den sie bisher wie ein schweres Paket mit sich herumschleppte. Die Worte von Moritz haben es ihr leichter gemacht. Rache bringt nicht weiter. Irgendwie erinnert sie sich an ein Wort aus der Thora: „Mein ist die Rache, spricht Gott, der Herr." Dennoch fühlt sie sich in Michelbach nicht mehr wohl. Daher geht sie nur nachts auf die Straße. Das Grab ihres Vaters besucht sie nur dann, wenn Gottesdienst ist und die Christen in der Kirche sind. Nach dem Krieg gehen fast alle in die Kirche. Dann ist für Thea der Weg zum Judenfriedhof frei.

Zunächst sucht Thea über das Rote Kreuz nach Verwandten, die den Holocaust überlebt haben. Es gibt keine mehr. Sie ist die einzige, die den Nazi-Terror überlebt hat, wenn man von den schon Ausgewanderten absieht. Schwester Silvia in London und Bruder Emil in New York. Nach wenigen Wochen fällt Thea eine Entscheidung. Sie wird ihr Leben ändern, ihm eine neue Richtung und damit auch Zukunft geben. Mit Moritz spricht sie noch darüber. Der hält ihre Entscheidung für gut. Er bestärkt sie in ihren Plänen. Von Neuem wird ein Koffer gepackt. Es ist ein kleines Köfferchen. Viel hat Thea nicht mehr. Erinnerungsstücke sind aus ihrem Haus verschwunden. Die junge Thea Gundelfinger, die den Holocaust überlebt hat, will Michelbach verlassen. Die alte Heimat soll Vergangenheit sein. Und eines schwört sie sich: Nie wieder wird sie Michelbach besuchen.

Michelbacher Judenfriedhof

1945 - London

Der Entschluss steht fest. Was sie schon immer wollte, das setzt sie in die Tat um. Thea reist zu ihrer Schwester Silvia nach London. Der Gedanke, ihre Schwester noch einmal sehen zu können, hat ihr in der schwierigen Zeit der Lagerhaft immer von Neuem Kraft gegeben. Kraft zum Überleben. Bei Silvia hofft sie, Abstand von den Jahren der Schmach und Demütigung zu bekommen. Wieder fährt sie mit dem Zug durch verwüstetes Land. Über den Kanal setzt sie nach Dover über. Am Hafenanleger wartet Silvia. Schon von weitem sieht Thea die Schwester. Beide freuen sich unendlich. Sie drücken sich und küssen sich immer wieder. Endlich ist der Rest der Familie wieder vereinigt. Thea ist froh, dass sie Silvia abholt. Sie hätte nicht gewusst, wie sie nach London kommen sollte. Mit Zug und U-Bahn erreichen sie Silvias Wohnung. Beide sind glücklich, einander wieder in die Arme schließen zu können. Stunden über Stunden erzählen sie ihre Erlebnisse. Viele bewegende und viele berührende Erlebnisse, die sie miteinander teilen. Viel ist in der Zwischenzeit geschehen. Viel gibt es zu berichten und zu erzählen. Immer wieder umarmen sich die beiden Schwestern. Das tut gut und schweißt zusammen. Das hilft vor allem Thea, die schrecklichen Lager-Erlebnisse zu überwinden. Zunächst aber ziehen die beiden los. Thea muss neu eingekleidet werden. Ihre alte Kleidung passt nicht mehr in die Londoner Welt. Neue Kleider heißt auch: Neues Leben. Jetzt fühlt sich Thea wie neugeboren. Kleider machen Leute. So heißt es im Märchen. Es stimmt. Ein erhebendes Gefühl. Nach einigen Wochen erreicht Silvia ein Brief ihres Bruders Emil aus New York. Zum wiederholten Mal lädt er sie ein, zu ihm zu kommen. Bis jetzt hat sich Silvia stets geweigert. Sie braucht noch immer die Nähe zur alten Heimat. Außerdem könnte der Rest der Familie, so er denn noch lebt, leichter nach England als nach

Amerika ausreisen. Nachdem jetzt aber klar ist, dass die gesamte Familie umgebracht worden ist und nur die beiden Töchter Gundelfinger überlebt haben, diskutieren sie über den Vorschlag ihres Bruders. Thea möchte gerne noch eine Zeitlang London genießen. London ist groß, verlockend, pulsierend und voller Leben, einfach eine schöne Stadt. Zusammen mit Silvia zu leben ist für sie ein Geschenk. Vor der riesigen Stadt New York hat sie gehörig Angst. Lange diskutieren die beiden das Für und Wider. Als nach wenigen Wochen eine erneute Einladung von Emil kommt, in der er schreibt, er hätte für die beiden eine gute Arbeitsstelle gefunden, beschließen sie, das brüderliche Angebot anzunehmen. Er schickt ihnen die Tickets für die Atlantiküberquerung. Jetzt gibt es kein Zurück mehr. Die beiden verlassen London und fahren mit einem großen Passagierdampfer in die neue Welt. Bald merken sie, dass es gut ist, vor allem für Thea, die alte Welt und damit die Vergangenheit endgültig zu verlassen. Als sie die Freiheitsstatue erblicken, fühlt sich Thea zum ersten Mal wirklich frei. Ein neues Leben kann beginnen.

Nachwort

Trotz aller Vermittlungsversuche ihres Neffen Hans Gundel lehnt vor allem Thea weiterhin jeglichen Kontakt mit Michelbach ab. Zur Einweihung der Synagoge lässt Thea wissen, dass das Kapitel ihrer Heimat Michelbach für sie vorbei ist. Mit dem Ort ihrer Kindheit und Jugend hat Thea abgeschlossen. Dieses Land werde sie nie wieder betreten. Die ungeheure seelische Erschütterung des Todes ihrer Mutter durch medizinische Experimente und ihr eigenes bitteres Erleben in drei Konzentrationslagern kann sie nicht überwinden. Zu tief klafft die Wunde, zu groß ist die Angst, welche Narben wieder aufreißen könnten.

Thea lebt zusammen mit ihrem gleichaltrigen Ehemann Sigmund Ehrenberg, den sie 1964 geheiratet hat, in New York, als Dorothy Ehrenberg versöhnt mit sich selbst.

Gedenktafel für die ermordeten Juden Michelbachs

Conclusio

In unseren Tagen erinnern nur noch die restaurierte Synagoge in der Judengasse, der Name dieser Straße und der Judenfriedhof im Judenwasen an die einst blühende jüdische Gemeinde in Michelbach. Im 19. Jahrhundert waren fast ein Drittel der Einwohner in Michelbach/Lücke jüdischen Glaubens. Auch die alte Judenschule steht noch am Ortsrand Richtung Leitsweiler. Sie ist heute ein Privathaus. Dank des Fördervereins der ehemaligen Synagoge werden an jedem ersten Sonntag im Monat Führungen zur Geschichte der jüdischen Gemeinde von Michelbach angeboten und kulturelles Leben in der Synagoge ermöglicht. Neben den wenigen ehemaligen Judenhäusern, z.B. das Haus von Moritz Eichberg, erinnert kaum noch etwas an das einstige Judendorf Michelbach. Wo einst das Haus der Gundelfingers stand, wurde die Genossenschaftsbank errichtet.

Dennoch darf nicht vergessen werden, was einst in Deutschland geschah. Sechs Millionen ermordete Juden, Roma und Sinti, Homosexuelle und Behinderte dürfen nicht in Vergessenheit geraten. Das sind wir ihnen schuldig. Unsere Erinnerung ändert nichts an dem, was zwischen 1933 und 1945 geschehen ist, aber sie hilft hoffentlich ähnliche Taten zu verhindern. Die Erinnerung an die schreckliche Nazizeit muss unser Denken und unsere heutigen Taten bestimmen. Dass heute Nationalismus und Rechtspopulismus wieder zunehmen, muss für uns Warnung sein. Dem gilt es sich voll und ganz zu widersetzen. Was war, muss für immer vergangen sein. Die unseligen zwölf Jahre der Nazizeit dürfen nicht vergessen werden. Die Erinnerung an sie muss uns eine Mahnung sein: Dies darf nie wieder geschehen! Nie wieder!

Dank

Meiner Tochter Stefanie danke ich sehr herzlich für ihr Korrekturlesen und ihre Anmerkungen und Hinweise auf so manchen logischen Fehler. Ohne ihre Mithilfe wäre dieses kleine Buch nicht entstanden. Steffi ist es auch durch ihre Recherchen im Internet gelungen, ein „oral history interview with Thea" aus dem Jahr 1981 zu erhalten, das zu einer wichtigen Grundlage dieses Buches geworden ist. Desgleichen danke ich meinem Enkel Simon für sein Korrekturlesen.

Gleichzeitig möchte ich meiner Frau Helga Dank sagen, dass sie mir die Zeit zum Schreiben gegönnt hat, während sie sich um den ganzen Haushalt kümmerte.

Michelbach an der Lücke, im September 2020

Dieter Kleinhanß

Anhang

Jüdische Begriffe

Bar/bat mizwa

Feier zum 14. Geburtstag, dem Jahr des Erwachsenwerdens in religi-öser Hinsicht

Barnaß

Gemeindevorsteher

Chewrakadischa

Gruppe von Männern, die für die Bestattung zuständig sind

Eretz Israel

Land Israel

Hawdala

Zeremonie zur Verabschiedung des Sabbat

Jad

Zeiger in Form einer Hand. Man braucht ihn zum Lesen der handgeschriebenen Thorarolle

Jom Kippur

Versöhnungstag, höchster jüdischer Feiertag

Kibbuz

Gemeinschaftlich landwirtschaftlich genütztes Land durch eine Dorfgemeinschaft

Mischna

mündliche, verbindliche Überliefe-rung

Mohel

Beschneider

Pesach /Passah	*zweitwichtigstes jüdisches Fest zur Erinnerung an den Auszug aus Ägypten*
Rosch Haschana	*Neujahr*
Sch'ma Israel	*Glaubensbekenntnis*
Shoa	*Katastrophe/Holocaust*
Schächten	*Schlachten eines Tieres durch Ausbluten lassen*
Schofarhorn	*Widderhorn, geblasen zu wichtigen Ereignissen, In der Bibel übersetzt mit Posaune*
Sedermahl	*feierliches Mahl zum Beginn des Passahfestes, mit festen traditionellen Essensriten*
Tahara	*Reinigung von Körper und Seele*
Tallit	*Gebetsmantel / Tuch mit den Schaufäden*
Wochenfest	*zusammen mit dem Passahfest gefeiert; Dauer: sieben Tage, zur Erinnerung an den Auszug aus Ägypten. Luther übersetzt: Fest der ungesäuerten Brote*

Literatur/Quellen:

Bruno Stern: Meine Jugenderinnerungen, Stuttgart 1968.
Bruno Stern: So war es, Sigmaringen 1985.
Otto Ströbel: Michelbach, Crailsheim 1993.
Otto Ströbel: Juden und Christen in dörflicher Gemeinschaft, Crailsheim 2000.
Oral History Interview with Thea Ehrenberg, New York 1981.
https://collections.ushmm.org/search/catalog/irn558300

Geni.com
Gw.geneanet.org
Stolpersteine-ludwigsburg.de
Leo-bw.de
Ancientfaces.com

Bilder: Stefanie Kleinhanß

Stammbaum Thea Gundelfinger

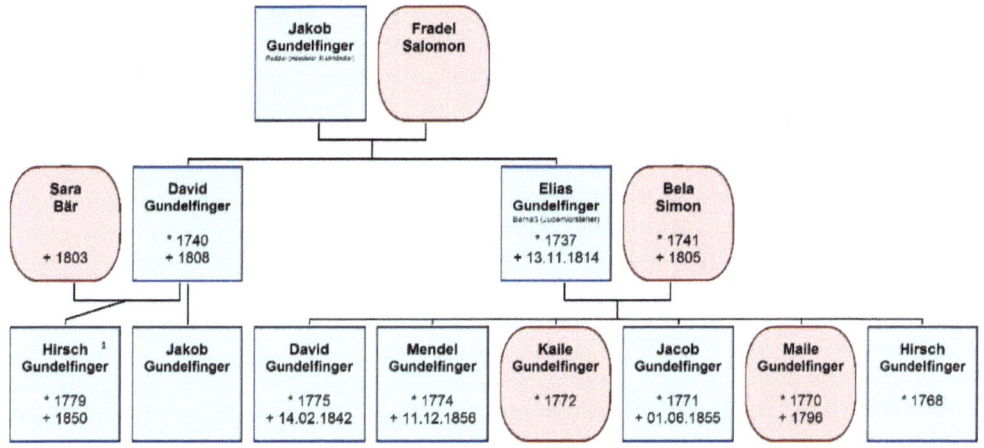

Ahnentafel 1 – Jakob bis David Gundelfinger

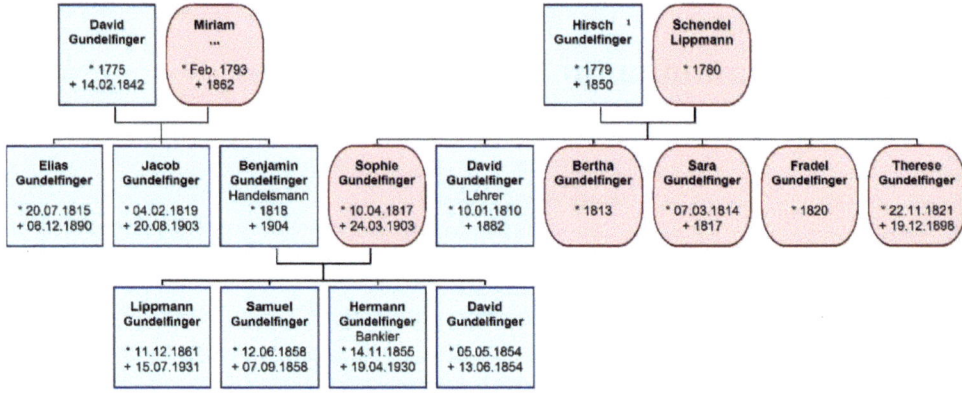

Ahnentafel 2 – David bis Hermann Gundelfinger

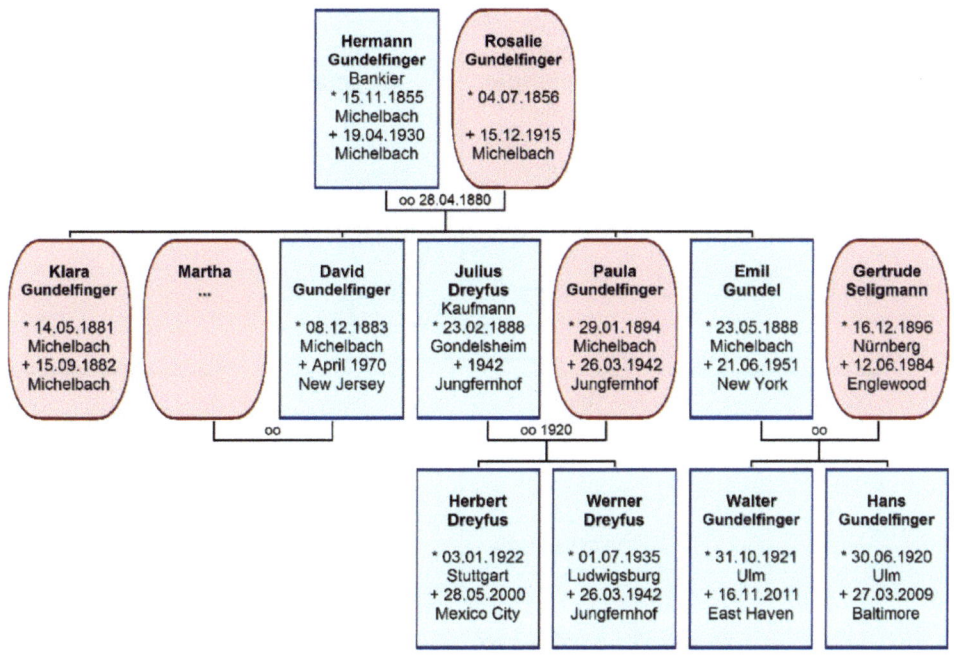

Ahnentafel 3: 1. Ehe des Hermann Gundelfinger

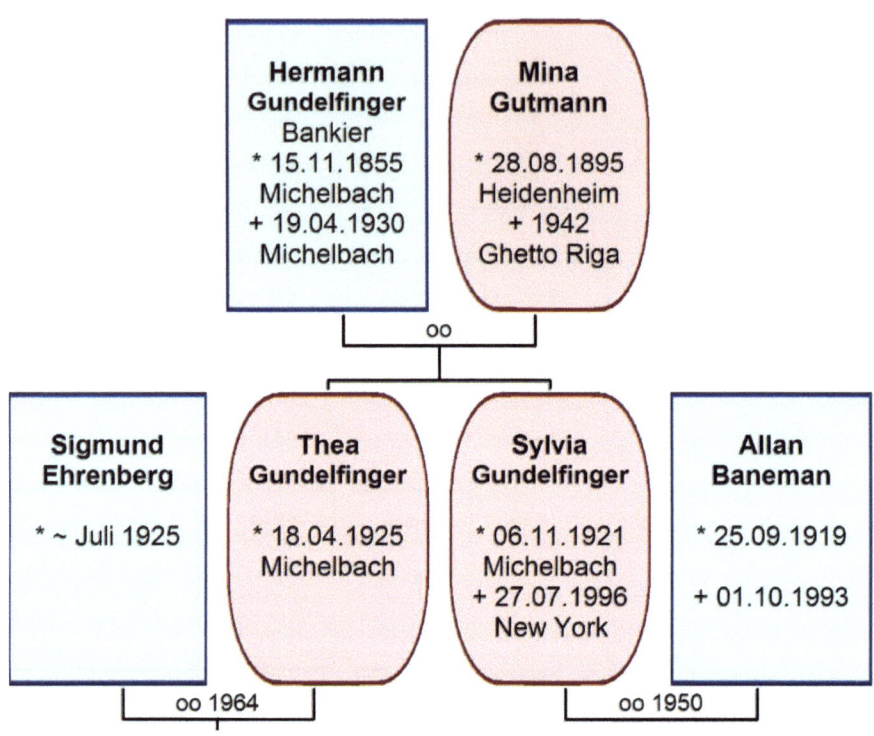

Ahnentafel 4: 2. Ehe des Hermann Gundelfinger